Für Kon

Herbert-Ernst Neusiedler
(Herausgeber und Koautor)

WEIHNACHT 1944

Die letzten Kriegsweihnachten

Vierzehn wahre Kurzgeschichten aus verschiedenen Ländern,
erzählt von Menschen verschiedener Herkunft.

Weihnacht 1944 – Die letzten Kriegsweihnachten
Herbert-Ernst Neusiedler

Verlagshaus Morre GmbH
A-8010 Graz, Jakoministraße 12
Telefon: +43 (316) 82 02 33
Fax: +43 (316) 82 02 35
E-Mail: office@verlagshaus-jakomini.at
www.verlagshaus-jakomini.at
FN: 51859p
UID: ATU28766608

Text: Herbert-Ernst Neusiedler
Fotos: Alice Bartl, Steiermark (Seite 14)
Franz Trampusch, Steiermark (Seite 28)
Leon Balcerek, Polen (Seite 47)
DÖW, Wien (Seite 88)
Alle anderen HEN-Archiv, Wien
Grafik: Thomas Haubenwallner
Herstellung: hm•perfectprintconsult•eu

ISBN 978-3-902920-15-7

Inhaltsverzeichnis

Wiener Humor zu Weihnachten 1944:

Weihnachtsengel werden vom Baum abgehängt,
stattdessen wird der Führer aufgehängt.

Vorwort

Dr. Martin Moll ist Universitätsdozent für Neuere Geschichte an der Karl-Franzens-Universität in Graz.

Historiker sind versiert darin, jene Ereignisse, mit denen sie sich beschäftigen, als außergewöhnlich darzustellen. Man muss sich allerdings nicht anstrengen, wenn man die Einzigartigkeit der letzten Kriegsweihnacht des Jahres 1944 herausstreicht. Freilich: Schon seit der Weltkrieg im September 1939 entfesselt worden war, hatte das Weihnachtsfest für die Menschen im Großdeutschen Reich einen anderen Charakter angenommen. Zahlreiche Männer – Brüder, Söhne, Väter, Ehegatten und Verlobte – waren eingezogen und konnten das Fest nicht zu Hause mitfeiern; die Daheimgebliebenen machten sich Sorgen um das Wohlergehen ihrer Lieben an der Front und die oft jahrelange Trennung wurde gerade an diesem Tag besonders schmerzlich empfunden.

Anlässlich der ersten Kriegsweihnachten 1939 und 1940 konnte das Regime Hitlers auf militärische Erfolge verweisen und materielle Gaben, klassische Weihnachtsgeschenke, gab es auch noch zu verteilen. Das änderte sich 1941, als die deutschen Truppen im russischen Winter versanken. Wieder ein Jahr später saß eine ganze Armee in Stalingrad in der Falle und 1943 hatte sich die militärische Lage weiter zugespitzt. Das Weihnachtsfest 1944 war aber an Trost- und Hoffnungslosigkeit nicht zu überbieten. Millionen Soldaten waren bis dahin gefallen, verwundet oder in Kriegsgefangenschaft, viele deutsche Städte in Schutt und Asche gebombt, die Gegner hatten im Westen und Osten die Reichsgrenzen erreicht und teilweise überschritten, eine Massenflucht war im Gang. Erhebliche Teile der Bevölkerung waren durch den Land- und Luftkrieg buchstäblich entwurzelt und standen vor einer ungewissen Zukunft – nicht gerade ideale Umstände, um besinnliche Weihnachten zu feiern. Dass der Krieg verloren war, dürfte den meisten Menschen Ende 1944 klar gewesen sein; von den künftigen Siegern erwarteten sie nichts Gutes. Trost spendete allenfalls der Gedanke, dass wenigstens der schreckliche Krieg bald zu Ende wäre.

Der Historiker kann diese Rahmenbedingungen beschreiben; die persönlichen Geschichten dieses Buches füllen sie mit Leben. Zwar aus großer zeitlicher Distanz niedergeschrieben, vermitteln sie anschaulich die beklemmende Atmosphäre jener Tage, als schon die Beschaffung eines kleinen Christbaums auf nahezu unüberwindliche Hindernisse stieß. Die Erinnerungen belegen aber auch den starken Überlebenswillen der Menschen (der nichts mit den Durchhalteparolen der NS-Propaganda zu tun hatte) sowie die heute schwer verständliche Freude über die doch irgendwie aufgetriebenen, meist ganz kleinen Geschenke und die Versicherung gegenseitiger Liebe im Freundes- und Familienkreis. Diese Reduktion auf den zentralen Sinn des Weihnachtsfestes hat jenes von 1944 für immer in das Gedächtnis aller, die es miterlebt haben, eingeschrieben. Ich freue mich, dass sie uns mit diesem Buch an ihren Erinnerungen teilhaben lassen.

Martin Moll, Graz, Oktober 2014

Einleitung

Weihnachten 1944 liegt bei Erscheinen dieses Buches *erst* – für viele *schon* – 70 Jahre zurück. Das ist ein Zeitraum, der für den Menschen gut überschaubar ist. Und doch ist so viel geschehen seit damals und so vieles hat sich vollkommen verändert. Auch im Leben der Menschen, die diese Zeit selbst mitgemacht und dieses Fest schon bewusst miterlebt haben, war das so. Einige davon erzählen ihre Erinnerungen, die sich auch mit der Zeit vor oder nach diesen letzten Kriegsweihnachten beschäftigen. Andere Geschichten gibt der Herausgeber wieder, wie sie ihm erzählt worden waren. Es sind spannende darunter und interessante, auch tief berührende kommen vor, aber auch komische und ganz schlichte, die nur den Alltag beschreiben, wie er war. Und der war gar nicht einfach.

Für Leser jeden Alters sollte zumindest eine Geschichte darunter sein, die seine Lieblingsgeschichte sein wird. Ein Buch zum Erinnern, ein Buch mit Geschichten, aus denen man Lehren ziehen kann. Ein Buch zum Nachdenken und zur Unterhaltung. Ein Buch für Kinder und solche, die noch das Kind von damals in sich tragen, und ein Buch für Erwachsene, welche diese Zeit nicht selbst erlebt haben. Vielleicht ganz besonders für diese.

Das wünscht sich der Herausgeber.

Herbert-Ernst Neusiedler, Wien, 2014

Unser Potemkinsches Bäumchen

Die Autorin war zu der Zeit, in der diese Erzählung handelt, 13 Jahre alt. Sie und ihre um zwei Jahre jüngere Schwester traten als das jüngste Tanzpaar Wiens auf. Ihre Eltern hatten ein Lebensmittelgeschäft in der Brigittenau, Wiens 20. Bezirk. Ihr Vater, Kriegsversehrter des 1. Weltkriegs, war auf hartnäckiges Betreiben der Mutter 1942 aus der Wehrmacht entlassen und uk. (das bedeutet unabkömmlich) gestellt worden. Diese Geschichte wurde dem Buch der Autorin „Warte nur, Terpsichore"[1] in für diese Ausgabe etwas abgeänderter Form entnommen. Die ursprüngliche Orthographie wurde auf Wunsch der Autorin beibehalten.

Der Herausgeber

Der Krieg hatte zum Endspurt angesetzt. Schon atemlos hetzte er seinem unausweichlichen, aber immer noch verleugneten Ausgang entgegen. Amerikaner wie Russen standen an den deutschen Grenzen. Doch die deutsche Propaganda beharrte auf dem zu erringenden Sieg. Und überschlug sich in Schilderungen der von den eindringenden *Feinden* angeblich verübten Gräueltaten. Die Wochenschau zeigte entsetzliche Bilder vom *bestialischen Wüten der sowjetischen Horden* aus dem zurückeroberten Nemmersdorf. Man sah, penibel auf Stroh aufgereiht, mit hochgeschobenen Röcken, viele geschändete und ermordete Frauen liegen; man sah die Gesichter erschlagener alter Männer in Großaufnahme; und man erfuhr mit Entsetzen vom schrecklichen Tod der an Scheunentore genagelten Kinder.
Meine Freundin Poldi und ich hatten uns das nicht angesehen. Uns genügte, was wir auf Schritt und Tritt darüber zu hören bekamen. Und wir waren nicht sicher, ob wir es glauben sollten. *Radio Moskau,* das im elterlichen Kabinett jetzt ebenso oft wie *Die Stimme Amerikas* oder *BBC* gehört wurde, dementierte heftig – aber kaum überzeugend. (Das Abhören dieser Sender war unter Androhung hoher Strafen verboten.) Auch auf das Versprechen, die Rote Armee käme als Befreierin, sie kämpfe gegen die deutschen Okkupanten, aber nicht gegen die Bevölkerung Österreichs, wagten wir nicht zu vertrauen. Und proportional zu unserem Mißtrauen wuchs unsere Angst vor den bevorstehenden Kämpfen und vor dem, was danach kommen würde. Worüber wir freilich zu niemandem anderen sprachen und über das nachzudenken uns nicht allzu viel Zeit blieb. Zu rigoros waren

1 Verlag Liber Libri, Wien 2008. Bei BOD, Norderstedt, Deutschland, 2012.

die Anforderungen des unmittelbaren Jetzt: all das *Muss*, all die Widrigkeiten und Gefahren des Augenblicks, die bewältigt sein wollten. Man lebte von Stunde zu Stunde, von Tag zu Tag. In dem einzigen Bestreben, seine Zukunft ins Morgen hinüber zu retten. Während andere, deren Zukunft bereits gekappt worden war, nur noch als klein und eng gedruckte Namen in den langen, über viele Spalten laufenden Kolonnen der Zeitungen existierten. *Ehre ihrem Angedenken!* Private Todesanzeigen waren verboten. Und die Bombenangriffe, denen alle diese Menschen zum Opfer gefallen waren, wurden nicht erwähnt.

Doch Weihnachten rückte näher und näher. Und Inge, meine kleine Schwester, und ich merkten es kaum. Erst Mamas Bemerkung, dass wir heuer nicht einmal einen Christbaum haben würden, machte es uns bewusst. Bedrückt schauten wir durch Tante Klaras verschmutztes Küchenfenster auf die dämmrige, von Rauchschwaden durchwehte Straße hinunter. Der Staub der Bombenruinen hatte sich mit dem geschmolzenen Schnee zu knöcheltiefen braunen Matschseen verbunden. Darüber häuften sich glitzernd und knirschend die Scherben der geborstenen Fensterscheiben. Ein Stück die Straße hinunter türmten sich die Mauerreste eines eingestürzten Hauses bis weit auf die Fahrbahn hinaus. Und ein Zug Ukrainerinnen in gesteppten Jacken und weißen Kopftüchern war in scheinbar unerschütterlichem Eifer damit beschäftigt, dazwischen einen Weg frei zu schaufeln. Die Menschen, die mit aufgestellten Mantelkrägen in der Straßenmitte dahin eilten, schlugen immer wieder erschrocken Haken oder zogen die Köpfe ein, wenn der Sturm mit Ziegelbrocken und Blechtrümmern, die er von den beschädigten Fassaden und Dächern zerrte, nach ihnen warf.

„Kommt, kommt! Träumt nicht!“, mahnte Mama und stellte wieder drei Kübel mit Glasscherben hinter uns ab. Und wir liefen los, leerten sie auf den rasch höher werdenden Schutthaufen vor dem Haus und stellten uns danach beim Hydranten an der Ecke an, um unsere Kübel zu füllen und Wasser mit hinauf zu

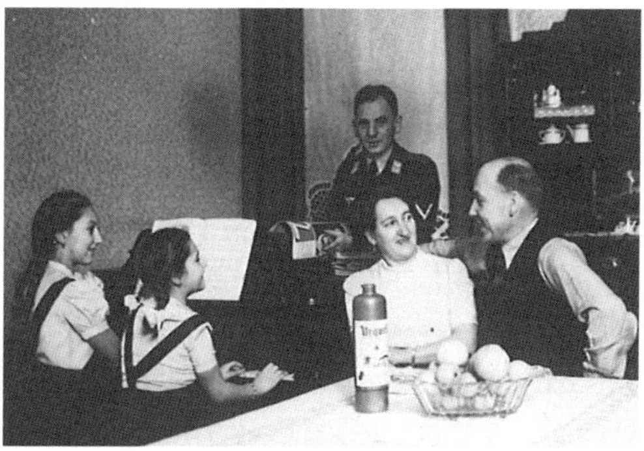

Alice und Ingeborg Skof am Klavier. So spielten sie bis 1943 am Heiligen Abend immer Stille Nacht.

nehmen. Es dauerte jedes Mal lange, bis wir an die Reihe kamen. Denn es war Sonntag. Die Menschen mussten nicht zur Arbeit. Und jeder war bestrebt, seine am Vormittag beschädigte Wohnung rasch wieder bewohnbar zu machen. Auch wir waren gekommen, um Tante Klara, die ja am nächsten Morgen wieder in die Fabrik musste, dabei zu helfen. Und es sah ganz so aus, als würden wir unser Ziel bis zum Abend erreichen. Mama klopfte die Scheibenreste aus den Fensterrahmen, Papa vernagelte die Öffnungen mit hellblauem Pappendeckel. Tante Klara schaufelte die Überreste ihres Kristalls und ihres geliebten Augartenporzellans in Form scharfkantiger Splitter aus den Fächern der Anrichte und fegte Putz und Ziegelstaub eimerweise von Bett und Kasten, Tisch und Stühlen. Während sich Tante Do unverzagt der Säuberung der zwar verstaubten, aber unbeschädigt gebliebenen Küche widmete.

Als wir mit unseren Wasserkübeln zurückkamen, loderte im *Hausfreund*, das war ein winziger Ofen aus Blech, ein anheimelndes Feuer. Tante Do arrangierte eine Kanne Tee, sechs große bunt bemalte Steinguthäferln und schließlich auch noch ein Sackerl Kekse aus ihrer Luftschutztasche auf dem Küchentisch. Wobei sie in dickköpfigem Optimismus vor sich hin summte. Den Schlager dieses Winters. Den man eigentlich nicht summen sollte. Weil er, seit jeder *Volksgenosse* und jeder Gestapomann seinen heimlich modifizierten Text, der sich gegen Hitler richtete, kannte, in der Öffentlichkeit nicht mehr gespielt werden durfte.

Inge und ich hatten uns vor das glühende Öferl gesetzt und streckten ihm vorsichtig unsere kältestarren Hände und Füße entgegen. Tante Do unterbrach ihr Gesumme. „Jausnen kommen!“ Und Mama, Papa und Tante Klara kamen mit „Hu!“ und „Brr!“ und klirrenden Scherbenkübeln aus dem Nebenzimmer; sie rückten ihre Sessel nahe an das Feuer heran und legten die Finger um die herrlich heißen Teehäferln.

Papa erbot sich, Tante Klaras Bett hier in der Küche aufzustellen. „Da drinnen“, behauptete er und zeigte zu ihrem Schlafzimmer hinüber, „bin ich grad einem Eisbären begegnet. Hier aber hättest du’s richtig gemütlich.“

Tante Klara sträubte sich matt – „Und wenn der Hans nach Hause kommt?“ – dann fing sie zu weinen an. Weil Onkel Hans nämlich zu einer Grenadier-Ersatz-Einheit eingezogen, mit dieser zur Waffen-SS überstellt und nach Osten geschickt worden war. „Er kann das doch gar nicht“, schluchzte sie. „Er war doch noch nie Soldat. Was soll er da bei der SS?“

Im Grund war die Vorstellung, dass Onkel Hans, der unsoldatische ehemalige Oberkellner des Restaurants Schöner samt Plattfüßen, Embonpoint und Herzfehler, in eine SS-Uniform gesteckt, den Vormarsch der Roten Armee stoppen sollte, ja beinahe zum Lachen. Aber halt nur beinahe. Denn in Budapest, dieser letzten Bastion auf dem Weg nach Wien, mussten, wenn Radio Moskau die Wahrheit sagte, seit Wochen heftige Kämpfe toben. Und es war klar, dass jemand wie Onkel Hans in dieser (schon oder doch noch nicht?) eingeschlossenen Festung kaum Chancen hatte, zu überleben.
Andererseits bemerkte Papa zu Recht, Tante Klara wisse doch gar nicht, ob er wirklich in Budapest sei. Und damit, dass sie sich zu Tode friere, sei ihm bestimmt nicht geholfen. So gab sie schließlich nach. Gemeinsam machten sie sich ans große Möbelrücken. Und Inge und ich nahmen schleunigst Reißaus, trugen die letzten Scherbenkübel hinunter und versuchten uns dann, während wir uns beim Hydranten anstellten, einen Heiligen Abend ohne Christbaum vorzustellen. Was uns nicht gelang. Weil ein Christbaum für den Heiligen Abend eben unerlässlich ist. Und so gesehen, fanden wir, müßten sie sich gar nicht länger die Köpfe zerbrechen, ob wir Weihnachten wie immer bei uns oder lieber bei Tante Do feiern sollten. Denn ohne Weihnachtsbaum gibt es keine Weihnachten. Und *keine Weihnachten* kann man nicht feiern. Im vorigen Jahr hatte Papa wenigstens ein kleines Bäumchen gebastelt. Aus frischen Tannenzweigen und einem Stück Besenstiel. Und das hatte, festlich geschmückt, gar nicht so schlecht ausgesehen. Warum also sollten er oder Herr Slavik heuer kein Reisig auftreiben können? Vielleicht, meinte Inge, hätte er ja schon eines und wolle uns nur überraschen. Aber das konnte ich nicht glauben. Dazu hatte Mamas Feststellung, dass wir heuer nicht einmal einen Christbaum haben würden, viel zu bedrückt geklungen. Und Papas Versprechen, nächstes Jahr, wenn erst Frieden sei, würden wir uns die schönste Tanne kaufen, die man bekommen könne, war kein wirklicher Trost. Wussten wir denn, ob wir im nächsten Jahr noch eine Wohnung haben, ob wir noch leben würden?
Kürzlich erst hatten die Poldi und ich Flüchtlinge aus dem Osten gesehen. Hinter dem zerstörten Franz-Josefs-Bahnhof. „Volksdeutsche“, sagte eine Frau hinter uns. „Aus dem Banat oder aus Siebenbürgen“, vermutete eine zweite. „Arme Teufel“, murmelte eine dritte. Doch ein alter Mann widersprach giftig: „Die haben’s ja so haben wollen“, und ging mit aufgebracht klapperndem Holzbein eilig davon.

Nur die Poldi und ich standen noch länger da und beobachteten die lange, müde dahinziehende Kolonne hoch bepackter Wagen, vor die eine Kuh oder ein Pferd gespannt waren; sahen dunkel gekleidete Frauen, die schwer mit Binkeln und vermummten Kindern beladene Handkarren zogen; Buben, die sich ohne hochzusehen unter der Last ihrer Rucksäcke weiterschleppten; Mädchen, die sich mit Flaschen und Kanistern um den Hydranten drängten; und einen alten Mann, der erschöpft und mit geschlossenen Augen an einer Hausmauer lehnte.
Warum nahmen alle diese Menschen eine so entsetzliche Reise auf sich, wenn die Rote Armee niemandem etwas zuleide tat? Wohin wollten sie überhaupt? Und wo konnten sie jetzt noch Unterschlupf finden?
Wie gebannt standen wir am Straßenrand. Schweigend. Hand in Hand.
„Alle lügen sie“, fuhr die Poldi auf. „Auch die anderen. Genau wie die unsrigen.“ Und ich machte: „Pst!“ Weil sie zu laut gesprochen hatte. Außerdem wussten wir's längst: Die einzig wahre Wahrheit war, dass niemand die Wahrheit sagte. Was allerdings auch nicht gesagt werden durfte.
Nachdenklich machten wir uns auf den Heimweg. Und rätselten dabei – *Was glaubst du? Meinst du nicht auch?* – verstohlen an unserer Zukunft herum: Wie lange der Krieg wohl noch dauern wird? Ob die Engländer oder Amerikaner nicht doch vor den Russen da sein können? Ob sie in Wien wirklich um jedes Haus werden kämpfen müssen? Und was sie dann, danach, mit uns machen werden? Um schließlich wieder zu dem gleichen Schluss wie immer zu kommen: Dass wir uns das alles nicht wirklich vorstellen könnten. Dass es vielleicht so schlimm gar nicht werden würde. Und dass man es einfach abwarten müsse. Mehr war dazu nicht zu sagen. Wir verfielen in Schweigen. Und verharrten dann – obwohl wir uns bereits zweimal *Also, servus! – Servus, bis morgen!* – gesagt hatten, gedankenverloren vor ihrem Haustor. Ich kickte kleine Steine ins Kanalgitter. Die Poldi drehte an ihrem Zopf. Bis sie es schließlich ganz unverblümt aussprach: „Weißt, manchmal hab ich schon schreckliche Angst.“ Und ich nickte beklommen *Ich auch,* und ging endlich nach Hause.
Dass uns bei all dem ein Christbaum noch wichtig sein konnte? Er war es! Gerade deshalb vielleicht. Jedenfalls hofften Inge und ich dickschädlig weiter und hörten nicht auf, stillschweigend aber beharrlich auf die wunderbare Erfüllung unseres Weihnachtswunsches zu warten. Bis uns schließlich nur noch eine einzige Nacht vom Heiligen Abend trennte. Und da, im letzten Augenblick, geschah

das Wunder. Ein sehr prosaisches Wunder freilich. Zu dessen Ausführung Anax und Damian, die beiden bei Frau Tauber, der Glasermeisterin, beschäftigten griechischen Fremdarbeiter, ausersehen waren. Die ich eigentlich nur vom Sehen kannte. Und die nun unversehens, Inge und ich waren gerade dabei Salz einzuwiegen, in der Magazintür standen. Irgendwie irritiert und geheimnisvoll tuend standen sie vor dem Dunkel des Stiegenhauses und verlangten Papa zu sprechen. Der aber winkte ab, als ich ihn rufen wollte. Es war spät und das Geschäft war noch immer voll eiliger Kunden. Jeder wollte noch abholen, was er auf die ihm verbliebenen Lebensmittelmarken noch bekommen konnte.[2] Ich bedeutete ihnen also, später wiederzukommen. Sie aber wichen nicht von der Schwelle; berieten sich schwarzbärtig-schmunzelnd und zogen dann hinter ihren Rücken ein flaches, seltsam geformtes grünes Etwas hervor. „Frau Tauber schicken", erklärte Damian (der mit dem kolossaleren Schnurrbart) und hielt es mir – „Nehmen!" – auffordernd entgegen.
Ich zögerte noch. Aber da ergriff Anax schon das undefinierbare Paket, bediente es amüsiert grunzend wie einen Regenschirm und hatte – ruck-zuck! – ein pappendeckelnes Weihnachtsbäumchen aufgespannt.
„Oh!" machten Inge und ich wie aus einem Mund. Wir hatten es, unser Weihnachtswunder! *Oh! Hm? – Ach was!* Sollte es sich doch ruhig um eine Auslagenattrappe aus längst vergangener *Friedenszeit* und ein sicherlich illegales Tauschgeschäft handeln: Es war ein Christbaum. Ein Christbaum!
Zugegeben, ein sonderbares Exemplar. Aber eines, das seine Vorteile hatte. Denn mit einem richtigen Weihnachtsbaum hätte man uns sicher angepöbelt und bestimmt nicht in die Straßenbahn einsteigen lassen. Während wir mit dieser Variante – von Mama dezent zusammengeklappt unter dem Arm getragen – unbeanstandet bis Simmering kamen. Wo wir heuer die Weihnachtstage verbringen wollten. Der Grund für diese Änderung des gewohnten Programms war der Herderpark-Bunker, dessen Vorteile bei Tag und erst recht bei Nacht uns Tante Do in den herrlichsten Farben geschildert hatte: Man war von ihrer Wohnung in wenigen Minuten dort; kam, da er nie überfüllt war, rasch hinein und rasch wie-

2 Die Lebensmittelzuteilung für „Normalverbraucher" sah für den gesamten Monat Dezember 2250g Brot, 200g Schweinefleisch, 250g Rind- oder Schaffleisch, 125g Margarine oder 100g Speiseöl vor. Die Kartoffelstärkeration sowie die Kaffeeersatzration waren auf 50g gekürzt worden. Und da es Zucker zuletzt im November gegeben hatte, wurde für diesen Monat nur Marmelade bzw. Kunsthonig aufgerufen.

NSDAP. - Gau Wien - Kreis IV - Die Deutsche Arbeitsfront
NS.-Gemeinschaft „KRAFT DURCH FREUDE"

Täglich im März 1944

mit Ausnahme des 1., 6., 12., 13., 20., 27. und 31.

VORHANG AUF!

für die

März-Varietéschau in der WIELANDBÜHNE

Wien X., Wielandgasse 2—4

Freddy Schlick vermittelt:

Schieder-Klement
Wiener Lieder

Alice und **Ingeborg Skof**
Wiens kleinste Tänzerinnen

Beatrix und **Gregor**
Das mondäne Tanzpaar

Fred Martin
Der verrückte Maler

2 Clausons
Akrobatik-Spielerei

Duo Rösner
Der elegante Drahtseilakt

Fritzl
Der urkomische Radfahrer

Fritz Mertens
Der be-zaubernde Komiker

Am Flügel: **Franz Hink** Schlagwerk: **Rudolf Straka**

Beginn 19.30 Uhr, Ende 22 Uhr — Eintrittspreise RM 2.50, 2.20, 2.- und 1.80

Kartenvorverkauf in den Ortswaltungen der DAF, Kreis IV, sowie in den KdF-Verkaufsstellen, X., Gudrunstraße 142 und XI., Hauptstraße 76

Im März findet in den Vorräumen der Wielandbühne eine

FOTO-AUSSTELLUNG

der Betriebswandergruppen des Kreises IV statt

Pl. 42/2000 — Q.0512 — 40472

der heraus; und konnte sogar einen Klapphocker mitnehmen und dann, wenn das Gedonnere nicht allzu heftig wurde, ganz angenehm weiterdösen.
So machten wir uns denn am Heiligen Abend auf die Reise. Es war spät geworden, denn Lebensmittelgeschäfte mussten von 6 Uhr bis 20 Uhr geöffnet sein. Doch festlich gestimmt und mit Luftschutztaschen, Decken und dem Proviant für die nächsten zwei Tage wohl versorgt, traten wir in die klirrende Kälte hinaus. Menschenleer lagen die dunklen Straßen. Die Sterne aber funkelten wie frisch poliert am hohen Winterhimmel, der eine dünne Kompresse frischen weißen Schnees begütigend über die Wunden der Stadt gelegt hatte. Die Straßenbahnen fuhren in kürzeren Intervallen als sonst und sahen ohne die üblichen Menschentrauben auf Puffern und Trittbrettern fremd und beinahe distinguiert aus. Und unsere Befürchtung, mit all den vielen Taschen höchstens auf einer eisigen Plattform Platz zu finden, erwies sich als unbegründet. Denn kaum hatten wir uns dort etabliert, öffnete eine freundliche Schaffnerin die Tür ins geschützte, menschlich-warme Innere ihres Wagens. „Kommt's nur herein, das geht schon noch!" Und wirklich rückten die Fahrgäste mit einem lachenden *Horuck* enger zusammen. Wir zwängten uns hinein. Wünschten, dankbar und von so viel guter Laune angesteckt, rundum ein frohes Weihnachtsfest und bekamen diese Wünsche sogleich vielstimmig zurück. Ein alter Herr prophezeite sogar, dass uns allen ein schöner Heiliger Abend beschieden sein werde. Schließlich seien Engländer und Amerikaner auch Christen und wollten in Ruhe Weihnachten feiern. Genau wie wir. Er stieß damit rundum auf behutsam optimistische Zustimmung. Nur eine junge Frau – zornsprühende schwarze Augen unter dem roten, hinten geknoteten Kopftuch – protestierte schrill: „Die und Christen!" und steigerte sich, die plötzliche, ablehnende Stille überspielend, in einen hitziger und hitziger werdenden Monolog. Brandmarkte den *Bombenterror*; gedachte der vielen *luftkriegsgefallenen* Zivilisten und beschwor rachedurstig die *Wunderwaffen* (V1 und V2 Raketen*)*, die es deren Mördern schon heimzahlen würden; erweckte auch damit kein Echo und verstummte abrupt. Aber zu spät. Der wunderbare Zauber gläubiger Hoffnungsfreude und weihnachtlicher Konzilianz war gebrochen. Die Menschen, jäh verstummt, hatten wieder ihre Alltagsgesichter aufgesetzt und sich in sich selbst zurückgezogen. Auch der alte Herr sagte nichts mehr. Bis die glutäugige Rächerin bei St. Marx, das ist ein Teil des dritten Bezirks in Wien, aussteigen wollte. Wortlos ließ man sie sich durch-

drängeln. Dann aber – und noch ehe sie bis aufs Trittbrett gekommen war – zog die Schaffnerin mit einem grimmigen „Na also!“ schon so dringend fordernd an der Klingel, dass über das eine oder andere ernste Gesicht noch einmal ein kurzes, zufriedenes Schmunzeln huschte.
Tante Dos Gigerl, ihr blauer Wellensittich, der bald darauf ein Opfer der Bomben wurde, begrüßte uns wie immer mit seinem begeisterten „Servus! – Grüß' di'! – Dass d' schon da bist!“ die Tanten mit dreistimmig glucksendem, lang anhaltendem Gelächter. Weil ihnen Papa nämlich noch im Vorzimmer unseren aufspannbaren Weihnachtsbaum vorführte. Später aber arrangierten sie ihn ganz ernsthaft zwischen zwei hohen geschnitzten Engeln auf Tante Dos Nähtischchen, wo er sich in seiner Kleinheit perfekt in ihr puppenhaft kleines Wohnzimmer fügte. Hell grünten seine Pappmaché-Zweige; sein Stamm reckte sich, lamettabekränzt und mit einer brennenden Kerze gekrönt, in berechtigtem Stolz; und alles in allem konnte man ihn – aufgeschlossen und mit etwas Phantasie betrachtet – durchaus als apartes und stimmungsvolles Weihnachtssymbol gelten lassen. Doch fehlte dem *O Tannenbaum!*, mit dem wir ihn glattzüngig besangen, nicht nur – wie nun schon seit Jahren – das dunkle Gebrumm unserer Onkel. Auch die Sopran- und Altstimmen waren diesmal dünn besetzt. Nur Mama, Tante Do und Tante Klara. Tante Fini sang ja nie mit. Und die anderen waren nicht gekommen. Sie wollten bei einem möglichen Angriff zu Hause sein. So fehlte es selbst den schönsten Weihnachtsliedern an festlicher Überzeugungskraft. Wie überhaupt keine richtige Feiertagsstimmung aufkommen wollte. Obwohl Papa doch sogar einen Karpfen herbeigezaubert hatte, der nun duftend im Rohr schmurgelte; und obwohl das Gas nicht, wie wir befürchtet hatten, zu früh abgedreht worden war, denn das gab es nur zu bestimmten Zeiten; und obwohl sich doch tatsächlich einige Geschenke unter unsere Christbaumattrappe duckten! Für die Erwachsenen war es der bunte Kreis jener geschnitzten, langbärtigen Zigarettenspitzen, die Inge und ich in Cortina d'Ampezzo – bei unserer letzten Tournee – entdeckt und ihrer farbenfrohen Lustigkeit wegen für Onkel und Tanten – ob Raucher oder Nichtraucher – mitgebracht hatten. Für uns selbst lagen da zwei schwarze, grobmaschig gehäkelte Haarnetze sowie zwei Paar gestrickte Fäustlinge und je ein, auf einem kurzen Lätzchen sitzender gestrickter Rollkragen, der unter Mantel oder Jacke getragen einen schicken Pullover vortäuschen konnte. Außerdem gab es für Inge noch eine aus dem Nachlaß unserer Großmutter stammende

silberne Brosche, die den Heiligen Georg zeigte. Und für mich, und das war das Unglaublichste, das Unfaßbarste dieses Heiligen Abends: ein richtiges Tagebuch aus rotem Leder. Mit Schloß und Schlüssel. Dessen unerklärliche Herkunft Papa zwar ebensowenig verriet wie die des ominösen Karpfens. In das Inge aber nie wieder heimlich ihre neugierige Nase stecken würde.

Jedenfalls war es gut, dass wir uns für die Feiertage bei Tante Do eingenistet hatten. Denn kaum war unser wunderbarer Karpfen verspeist, mussten wir in den Bunker. Auch am nächsten Tag gab es zweimal Alarm, ohne dass in der Nähe etwas getroffen wurde. Er dauerte auch nie lange. Und der Bunker war – im Vergleich zu dem mir verhaßten Flakturm – wirklich so *gemütlich*, wie Tante Do es versprochen hatte. Einmal allerdings – aber das war zwei Wochen später – hörte sich selbst hier die Gemütlichkeit auf. Da krachte und donnerte es, dass wir die Köpfe einzogen, weil wir dachten, die Welt ginge unter. Doch so war es nicht. Die Welt stand danach immer noch. Nur rund um den Herderpark fehlten etliche Häuser. Und etwa dreißig Meter vom Bunker entfernt hatten zwei Bomben tiefe Trichter in die Erde geschlagen.

Das war der Tag, an dem wir bei der Rückkehr in Tante Dos ramponierte Wohnung den armen Gigerl tot in seinem Käfig fanden. Und an dem wir, kurz davor, schon einem Toten begegnet waren. Gleich nachdem wir den Bunker verlassen hatten. Am Rand eines Splittergrabens waren seine Beine zu sehen gewesen. Bubenbeine, wie ich dachte. Was aber nicht stimmen musste, weil sein Gesicht nicht zu erkennen war. Und weil Mama uns rasch weiter zog und *Schaut nicht hin!* sagte.

Alice Bartl

Geschenke für die Verlorenen

Der Autor dieser bedrückenden Weihnachtserzählung wurde 1934 in Ratsch an der Weinstraße in der Südsteiermark geboren. Aufgewachsen ist er nicht weit von dort, in Aflenz bei Leibnitz. Dort lebt er auch heute noch. Die Geschehnisse dieser Zeit haben sein ganzes Leben geformt. Die Geschichte, die er hier erzählt, ist einem seiner Bücher entnommen.[3] Um die Situation seiner Weihnachten des Jahres 1944 verständlich zu machen, wurde sie durch andere Teile seines Buches ergänzt. Er war in hohen Positionen in der steirischen Landespolitik tätig, hat im Sport viele Erfolge erzielt und Auszeichnungen erhalten. Er hat mehrere Bücher geschrieben, beschäftigt sich mit Archäologie und Geschichte. Er hält Führungen im ältesten Bergwerk, der Aflenzer Römerhöhle, und dem angeschlossenen Gedenkzentrum für Opfer der dort tätig gewesenen Zwangsarbeiter ab. Und das ist nur ein Teil der vielen Interessen und Tätigkeiten, die er – „nebenbei", aber mit viel Freude und vollem Einsatz – auch noch heute, als Achtzigjähriger, ausübt.

Der Herausgeber

Solange ich mich zurückerinnern kann, hatten wir in der Familie das Weihnachtsfest immer gleich begangen. Schon Tage vor dem Heiligen Abend roch es im ganzen Haus nach frischgebackenem Lebkuchen und allerlei Weihnachtsbäkkerei. Wir Kinder, meine jüngere Schwester und ich, durften unserer Mutter bei den Vorbereitungen helfen. So begannen die Vorfreude und die Nascherei schon einige Tage vor dem eigentlichen Fest. Auch der Christbaum wurde immer gemeinsam aus dem Wald geholt und auch gemeinsam geschmückt. Daran wurden einige bunt leuchtende uralte Glaskugeln und aus Stroh geflochtene Weihnachtsengel gehängt. Geschenke gab es kaum, denn wir waren keine reiche Familie. Doch zu Weihnachten 1944 gab es überhaupt nichts, was man den Kindern hätte schenken können. Eindrucksvoll und mir unvergesslich am Christbaum war aber immer das mit langen Fransen herabhängende, schneeweiße Zuckerlpapier. Echte Zuckerln waren 1944 zwar Mangelware, tatsächlich gab es keine zu kaufen. Aber ein Stück Würfelzucker in Papier gewickelt erfüllte den gleichen süßen Zweck. Wenn es so weit war am Heiligen Abend und das Fest beginnen konnte, wurden immer Weihnachtslieder gesungen. Unsere Mutter hatte auch stets ein paar Weihnachtsgedichte auf Lager. Die trug sie mit ihrer schönen Stimme vor.

3 Zeitensprung. Bisher unveröffentlicht.

Besonders meine kleine Schwester liebte diese Verse sehr. Aber auch ich erinnere mich bis heute gerne an diese stimmungsvollen Momente.
Ja, Weihnachten war für uns immer ein schönes und fröhliches Familienfest gewesen. Doch Weihnachten 1944 waren anders. Sie waren vollkommen anders und sie bleiben mir daher für immer unvergesslich. Seit Jahren herrschte ein schrecklicher Krieg. Die Männer waren alle irgendwo an einer Front, und in der Heimat gab es Bombenangriffe und hungrige Menschen. Nur das Allernotwendigste gab es auf Lebensmittelkarten, und von neuen Kleidern konnte man nur träumen. Auch uns Kindern standen traurige Weihnachten bevor. Mein Vater galt seit Beginn der alliierten Invasion an der französischen Normandieküste als vermisst und Onkel Karl, der Bruder meines Vaters, hatte schon vorher den Soldatentod in Russland erlitten.
Dazu kam in der kleinen südsteirischen Ortschaft Aflenz, in der wir lebten, noch eine weitere große menschliche Tragödie. Zu Beginn des Jahres 1944 wurde in den alten bombensicheren Bergwerksstollen ein großer Rüstungsbetrieb eingerichtet. Die gesamte Teileproduktion des Steyr-Daimler-Puch-Werks in Thondorf, Graz, für Panzer- und Flugzeugmotoren wurde in die Stollen des Kalksteinbergwerkes, tief unter Tag, verlegt.
Die Vorbereitungsarbeiten dazu begannen schon Anfang Dezember 1943. Einige Dutzend Häftlinge aus dem KZ Mauthausen wurden auf freiem Feld, nahe dem Haupteingang, gelagert. Der Winter 1943/1944 war einer der schneereichsten seit Jahrzehnten. Doch diese Menschen, die man nicht als solche behandelte, mussten im Freien übernachten. Am Tag begannen sie einfache Holzbaracken ohne Fundamente aufzubauen. Darin sollten die ihnen nachfolgenden Zwangsarbeiter aus dem KZ Mauthausen leben. Diese waren dazu vorgesehen, die Stollen und die Zufahrten zum Bergwerk umzubauen. Ebenso gehörte es zu ihrer Aufgabe die Tunneleingänge zu tarnen. Teil dieser Tarnung waren auch wir. Ebenso zwei unserer Nachbarn. Wir wohnten direkt an das Bergwerk angrenzend. Unser Keller war direkt mit einem Stollen verbunden. Damit sollte normales Leben um das bisher stillgelegte Bergwerk vorgetäuscht werden.
Bevor das alles begann, zählte Aflenz an die zweihundert Einwohner. Plötzlich waren es mehr als dreitausend. Innerhalb einiger Wochen wurden riesige Lager und sonstige Einrichtungen gebaut. Unter anderem entstand auch ein Konzentrationslager als Nebenlager des berüchtigten KZ Mauthausen. Mehr als achthun-

dert Häftlinge wurden täglich aus diesem Lager zur Arbeit getrieben. Es waren geschundene, ausgehungerte Gestalten, die uns da begegneten. Der Rest waren Facharbeiter aus Graz und ebenso dort beschäftigte Ostarbeiter und Dienstverpflichtete. Da die Stolleneingänge alle neu gebaut wurden, lebten meine Familie und ich plötzlich inmitten einer von der SS streng bewachten Baustelle. Denn wir, in unseren einfachen privaten Häusern, waren gleichzeitig ein Teil der Tarnung für die und Ablenkung von dieser unterirdischen kriegswichtigen Produktion.
Vorher wurde von der örtlichen Leitung der NSDAP eine Versammlung im Wirtshaus einberufen. Den Einwohnern von Aflenz wurde über die Errichtung der Fabrik im Bergwerk berichtet. Ebenso über die KZ-Häftlinge, die den Ausbau vornehmen sollten. Es wurde erklärt, dass diese Schwerverbrecher und Volksschädlinge seien, die so ihre verdiente Strafe abbüßen müssten. Gleichzeitig wurde die Bevölkerung gewarnt, Mitleid mit diesen verkommenen Untermenschen zu haben. Jede Art von Unterstützung, selbst die geringste Hilfeleistung würde streng bestraft.
Das Bergwerk wurde ausgebaut. Die meisten Nebenstollen wurden zugemauert. Der Hauptstollen, der bis zu 50 Meter breit und 20 Meter hoch war, eine richtige große Fabrikshalle, wurde zum zentralen Ort unter Tage. Wie bekannt, war dies nur eine unter vielen solchen Anlagen im Deutschen Reich.
Und dann ereignete sich ein besonders dramatischer und mein Leben prägender Vorfall. Alles begann bei einem ganz gewöhnlichen Zwetschkenbaum. Dieser stand, seit ich mich erinnerte, im elterlichen Hof direkt neben der Hütte mit den Bienenstöcken. Ende Mai 1944 war der Baum schon abgeblüht und erste Fruchtansätze waren erkennbar. Da geschah es. Einer der Häftlinge, die dort vorbeigetrieben wurden, riss einige Blätter vom Baum und begann sie zu essen. Schließlich waren die Häftlinge ausnahmslos unterernährt und litten auch unter Vitaminmangel. Der Kapo Franz Lager beobachtete den Vorfall und begann mit einem Holzknüppel auf den Häftling einzuschlagen. Meine Mutter hörte die Todesschreie des Häftlings und lief zur Exekutionsstelle. Sie schrie laut und wollte helfen. Ein SS-Bewacher hielt meine Mutter fest und erklärte ihr, dass dieser Häftling, es war ein junger Pole, „*wegen Beschädigung deutschen Eigentums*“ exekutiert wird. Damit meinte er, dass man ihn mit einem Prügel erschlagen werde. Und das geschah vor den Augen meiner Mutter. Nun gehörte der Zwetschkenbaum meiner Mutter und sie, nur sie, konnte entscheiden, was mit ihrem Eigentum geschehen könne.

Voller Zorn und Entsetzen über das Erlebte erzählte sie den Nachbarinnen, dass es „eine Todsünde sei, einen Menschen wegen einiger Blätter, die er sich genommen und dabei überhaupt keinen Schaden angerichtet hatte, zu erschlagen und, dass solche Mörder zur Rechenschaft gezogen werden müssten". Nachdem meine Mutter diesen Vorfall weitererzählt hatte, wurde sie einige Stunden später über Betreiben des Leiters des Werkschutzes, Steiner, verhaftet und in das KZ-Nebenlager gebracht. Danach wurden alle erwachsenen Aflenzer darüber informiert, dass es unter Androhung der Todesstrafe verboten sei, über die Existenz des Rüstungsbetriebes und des KZ gegenüber Außenstehenden zu reden. Unter dem Motto: *„Feind hört mit"*, das auf Plakaten überall zu sehen war, wurden derartige Aussagen als Beihilfe zur Spionage gewertet. Meine Mutter hatte durch ihre emotionalen Äußerungen gegen dieses Verbot verstoßen.
Das KZ-Nebenlager Aflenz war aber ein reines Männerlager, und meine Mutter war die Milchlieferantin des damaligen SS-Lagerführers Riehken. Meine Schwester war zum Ereigniszeitpunkt gerade fünf Jahre alt und konnte keine Kuh melken. Und auch ich konnte das nicht. Also hatte der Lagerkommandant für sich und seine Familie plötzlich keine frische Milch mehr zur täglichen Verfügung. Die Verhaftung meiner Mutter war während seiner Abwesenheit erfolgt. Als er am Tag darauf wieder ins Lager kam, ließ er meine Mutter vorführen und drohte ihr mit der sofortigen Erschießung, wenn sie nochmals ihre Schweigepflicht verletzen würde. Eigentlich müsste er sie der Gestapo übergeben, aber da ihr Mann als Kriegsvermisster galt und sie für zwei Kinder zu sorgen hätte, wolle er Gnade walten lassen. Die Mutter wurde dann mit der Auflage entlassen, dass sie ab sofort wieder frische Milch zu liefern hätte.
Doch das war noch nicht das Ende dieses Ereignisses. Um das Schweigen der Mutter zu garantieren, wurde ich dann – es war sicher nichts als Erpressung – später zu vielen Exekutionen im Lager als Zuschauer geholt. Immer und immer wieder musste ich dabei sein, als Häftlinge ermordet wurden, denn anders kann ich dieses Umbringen von Menschen, die wie Tiere erschlagen wurden, nicht nennen. Diese Erpressung hatte lebenslang gewirkt. Meine Mutter war nie mehr bereit über ihre Erlebnisse zu reden. Nie wieder, weder mit Bekannten noch mit der eigenen Familie. Sie war traumatisiert. Geheim begann sie an einem Tagebuch zu schreiben. Sie hat später immer wieder die Existenz dieses Tagebuches bestritten. Doch ich habe gesehen, wie sie sich Notizen machte. Nach ihrem Tod

konnten diese Aufzeichnungen nicht gefunden werden. Offensichtlich hat sie ihre Aufzeichnungen vernichtet.
Was sich heute kaum jemand vorstellen kann, damals war es möglich. Ich war gerade einmal zehn Jahre alt geworden, als ich zu solchen Exekutionen gebracht wurde. Oft habe ich seither darüber nachgedacht, wie oft ich zu solch dramatisch-schaurigen Ereignissen geholt wurde. Schon nach den ersten Schockerlebnissen hatte ich zu zählen aufgehört und diese „Hinrichtungen" einfach über mich ergehen lassen. In meiner Erinnerung ist verblieben, dass jeder Mensch anders stirbt und dass die meisten Exekutionen von den Kapos direkt auf den Baustellen vorgenommen wurden. Sie haben ihre Mitgefangenen, ihre Brüder, einfach niedergeprügelt, also erschlagen. Noch heute, siebzig Jahre später, habe ich große Probleme, wenn ich Blut oder leidende Menschen sehe.
Täglich sahen wir die Not der Häftlinge und wollten gerne helfen, obwohl wir selbst nur wenig hatten. Trotzdem waren wir besser dran, als viele andere der einfachen Menschen, denn wir hatten eine kleine Landwirtschaft. Jeder Kontakt zu den Häftlingen war uns aber unter Androhung der Todesstrafe verboten. Die Gelegenheit dazu ergab sich jedoch, als wir entdeckten, dass sich unsere Vorräte an Erdäpfeln im Keller rapide verringerten. Unser Kartoffelkeller lag seit jeher im Bergwerksstollen. Die Zugangstür vom Bergwerk war mit einer starken Kette samt Vorhängeschloss versperrt. Doch auf der hinteren Seite des Kellers gab es einen sehr schmalen Felsspalt, durch den man in den größeren Stollen kriechen konnte. Da war uns klar, die ausgehungerten Häftlinge hatten den Felsspalt entdeckt und holten sich Kartoffeln von der Stellage, die sie offensichtlich roh aßen. Denn eine Möglichkeit zu kochen hatten sie nicht. Wie sie das überlebt haben, weiß ich nicht. Denn rohe Kartoffeln sind giftig. Selbstverständlich wissen wir gar nicht, ob sie das überlebt haben. Dort starben täglich so viele. Wovon und wieso, danach fragte keiner. Und vielleicht, wenn ich heute daran denke, war für sie der Tod besser als das Überleben.
Die Erdäpfel waren aus unserem eigenen Anbau, und wir waren auf diese angewiesen. Besonders 1944 gab es ausreichend Lebensmittel nicht mehr zu kaufen. Da wir aber den Ärmsten der Armen helfen wollten, griff meine Mutter zu einer List. Sie schickte meine Schwester und mich fast täglich zu den anderen Bauern im Dorf um Kartoffeln einzusammeln, denn nur so konnten wir die armen Häftlinge weiter versorgen. Unsere Nachbarn waren eingeweiht und wollten diesen

Franz Trampusch im Jahr 1944 mit seinem Hund.

Menschen auch helfen. Selbst aber hatten sie nicht den Mut dazu, aber es fehlte ihnen auch eine solche Gelegenheit, wie wir sie hatten. Damit die Wachmannschaft keinen Verdacht schöpfen konnte, mussten wir die Kartoffeln immer in Milchkannen transportieren. Hätten wir täglich einige Kilo, etwa in Rucksäcken oder Taschen, zu uns getragen, wäre das bei unserer kleinen Familie sicher aufgefallen. An dieser verdeckten Transportaktion aber war nichts Auffälliges. Damit konnten wir den Gefangenen Nachschub liefern, wenngleich diese Hilfe nur ganz Wenigen zu Gute kam. Aber auch unseren eigenen Bedarf konnten wir auf diese Weise decken. So entstand im Laufe der Monate eine Versorgungskette für die hungernden Häftlinge. Bis zur Auflassung des Lagers wurde diese nicht entdeckt. Durch die Umstände, dass ich immer zu den Exekutionen musste und es von meinem Vater, der vermisst war, keinerlei Nachrichten gab, litt meine Mutter sehr. Und sehr oft sah ich sie weinen oder grübelnd und wie abwesend aus dem Fenster starren. Trotzdem wollte sie weiter helfen. Und einige Tage vor dem Weihnachtsfest hatte sie eine besondere Idee. Sie wollte den Häftlingen, zumindest einigen davon, eine Weihnachtsfreude bereiten. Uns weihte sie in ihr Vorhaben ein. Viel zu verschenken hatten wir ja nicht. Doch auch nach der Einberufung des Vaters zur Wehrmacht hatte Mutter seine Bienenzucht weiter betrieben. Davon gab es wenigstens immer etwas Honig und Wachs. Für die damalige Zeit waren das Kostbarkeiten. Denn auch die Erzeugung von Honig und Wachs wurde streng kontrolliert. Beide Produkte mussten als kriegswichtige Erzeugnisse abgeliefert werden. Doch wer konnte genau kontrollieren, wie fleißig die Bienen waren und wie viel sie tatsächlich produzierten. Dadurch blieb uns immer eine gewisse Menge an Honig und Wachs für den Eintausch gegen andere Produkte, aber auch für den Eigenverbrauch.

Das Bienenwachs gossen wir in dünne Scheiben. Daraus drehten wir, um einen Docht herum, Kerzen. Diese waren nicht nur eine Rarität, denn Parafinkerzen waren kaum zu bekommen. Unsere aber dufteten auch noch herrlich. Und besonders zur Weihnachtszeit waren die ein begehrtes Tauschprodukt.
Mutters Plan bestand darin, den Häftlingen eine kleine Weihnachtsüberraschung zu bereiten. Erst fabrizierten wir viele kleine Weihnachtskerzen aus dem Bienenwachs. Aus Honig, Zucker und anderen, für uns geheimnisvollen Zutaten, mischte Mutter einen Brei. Den erhitzte sie in einer Pfanne auf dem Ofen so lange, bis daraus eine braune, karamellartige zähe Masse entstand. Dieses heiße Eigenprodukt wurde dann löffelweise auf eine kalte Marmorplatte zur Auskühlung gegossen. Daraus wurden unsere Weihnachtszuckerln. Im ganzen Haus roch es wieder wunderbar nach Weihnachten. Doch wir hatten Angst, dass die Bewacher des Lagers durch den für diese Weihnachten ungewöhnlichen Geruch der Wachskerzen und Karamellzuckerl angelockt werden würden. Aber wir hatten Glück und blieben unentdeckt.
In der Nacht vom 23. auf den 24. Dezember 1944 schlichen wir dann leise in den Kartoffelkeller und deponierten dort einige Dutzend Wachskerzen und kleine Papiersäckchen gefüllt mit Bäckereien und Karamellzuckerln.
Am nächsten Morgen war der Keller leer.
Als abends die Häftlinge in ihre Baracken getrieben wurden, sagte keiner von ihnen etwas. Wir wagten kaum sie anzuschauen. Ein Wort hätte auch alles verraten können. Und meine Mutter hätte das nicht überlebt. Doch in den Augen mancher Häftlinge konnte man bei genauerem Hinsehen ein völlig unbekanntes stilles Leuchten sehen.
Das waren wohl die schönsten Weihnachtsgeschenke, die ich je in meinem Leben verteilen durfte. Vor 70 Jahren war das, im Jahr 1944.

Franz Trampusch, Aflenz, Steiermark, 2014

Weihnacht mit Butterbrot

Die Autorin wurde 1921 in Lunz am See auf einem Bergbauernhof geboren. Dort verbrachte sie als ältestes von vier Kindern eine schwere Kindheit in Armut. Über diese Sklavenjahre der Kindheit und Jugend berichtete sie in einem Filminterview. Ab 1942 lebte sie in Wien, heute in Salzburg.

Der Herausgeber

Wien war 1944 immer mehr das Ziel von Bombenangriffen geworden. Ich wohnte damals mit meiner zweijährigen Tochter in einer zugeteilten Wohnung in der Nähe vom Nordbahnhof im zweiten Bezirk in Wien. Mein Mann war als Bahnbeamter erst in diesem Jahr zum Militär eingezogen worden. Er kam gleich an die Front, obwohl er keine besondere Ausbildung erhalten hatte. Er war in Laibach, in Jugoslawien, stationiert. Man wusste keinen Tag, ob er noch am Leben war, denn wenn ein Brief von ihm kam, waren oft schon mehrere Wochen vergangen, seit er ihn geschrieben hatte.

Die Wohnung war uns von der Partei zugeteilt worden. Sie war im zweiten Stock einer Zinskaserne, wie wir das damals nannten. Diese Wohnung gehörte einem aus Böhmen zugewanderten Schneider namens Vesely, was „der Fröhliche" heißt auf Deutsch. Fröhlich war der aber nie. Der hatte immer eine griesgrämige Miene. Wenn meine kleine Tochter weinte, störte ihn das bei der Arbeit. Zum Glück wohnte er nicht dort. Diese Wohnung, eigentlich nur das Kabinett, benützte er als Werkstätte. Das Zimmer in den Hof und die Küche, die auf den Gang ging, war unser Bereich. Wobei er natürlich die Küche und das Klo mitbenützen durfte. Die Reinigung aber war meine Aufgabe. Doch das störte mich nicht. Schwere Arbeit war ich als Bauernkind gewohnt. Und mein Mann und ich waren froh, eine so schöne und helle Wohnung zu haben. Abends fuhr Vesely immer nach Hause in seine Wohnung in Meidling, einem Wiener Bezirk im Süden der Stadt.

Bis 1941 hatte in dieser Wohnung sein Sohn mit seiner jungen Ehefrau gewohnt. Als der Sohn in diesem Jahr, als der Krieg gegen Russland schon geplant war, seine Einberufung zum Militär bekam, drehten beide „den Gashahn auf". So sprach man im Haus darüber. Sie töteten sich also durch Einatmen von Leuchtgas in der Küche, die ich nun benützte. Dazu hatten sie alle Türen und Fenster verschlossen. Am Morgen danach, als der Vater kam, machten ihn die Nachbarn schon auf den Gasgeruch aufmerksam. Die Nachbarn hatten schon die Gangfenster geöffnet, um den Geruch loszuwerden. Als der alte Vesely die Türe öffnete, betätigte er zum Glück nicht den Lichtschalter, sonst hätte es eine Explosion gegeben. Er fand die beiden tot am Boden liegend.

Ich muss noch unbedingt die Geschichte der beiden jungen Veselys erzählen, denn es ist ein wichtiger Teil auch meines Schicksals. Denn ohne deren Selbstmord hätten wir diese Wohnung, in der ich mit meinem Mann dann bis 1956 lebte, nicht bekommen. Die Beiden hatten die Gabe des Hellsehens. Sie konnten auch mit Verstorbenen Kontakt aufnehmen. Und viele Leute im Haus hatten ihre Eigenschaften in Anspruch genommen. Und alle sagten, dass das Vorausgesagte eingetroffen wäre und dass die Menschen von ihren toten Angehörigen Dinge erfahren hatten, die niemand anderer als diese wissen konnte. Besonders auf die Frau traf das zu. Das wurde noch jahrelang erzählt, denn ich kannte die Beiden ja nicht.

Nachdem der junge Vesely die Einberufung bekommen hatte, wollten sie ihre eigene Zukunft erforschen. Die Ergebnisse, die sie einer Nachbarin auf dem gleichen Stockwerk erzählt hatten, waren schrecklich genug. Der Mann sah seinen Tod in Feuer und Eis voraus und die Frau verging unter Dröhnen von Bomben oder Geschossen in Blut. Eine solche Zukunft und ein solches Ende wollten sie nicht. Da beschlossen sie, selber den Schlusspunkt zu setzen. Sie gaben ihre Lebensmittelkarten der Nachbarin auf dem gleichen Gang, die zwei Kinder hatte. Sie sagten ihr, sie solle möglichst noch am gleichen Tag soviel wie möglich mit den Marken einkaufen, denn sie würden verreisen. Die Marken brauchten sie nicht mehr. Sie verreisten dann für immer. Und die Marken brauchten sie an ihrem Ziel ja nicht.

Die Polizei wurde gerufen und die Rettung. Es kamen zwei von der Gestapo. Die nahmen den Abschiedsbrief der Beiden, den der Vater schon gelesen hatte, an sich. Dem alten Vesely wurde aufgetragen, niemandem von dem Inhalt des Briefes zu erzählen. Er müsste sonst mit strengsten Strafen rechnen. Aber erzählte es doch, wenn auch nicht jedem. Er sagte aber immer dazu, das wäre ein Geheimnis. Und so verbreiten sich Geschichten am besten, wie man weiß.

Die Särge der Beiden standen noch bis zum Nachmittag nebeneinander auf dem Pflaster im Hof des Hauses. Manche gingen vorbei und sahen nicht hin, andere

bekreuzigten sich. Vielleicht gab es auch welche, die die beiden Toten beneideten. Das wissen wir aber nicht.
Frauen mit Kleinkindern versuchten im Jahr 1944 die Stadt zu verlassen, denn Wien wurde auch schon am Tag bombardiert. Und echte Luftschutzbunker gab es nur wenige. Welcher Stadtteil betroffen sein würde, wusste man im Voraus nie. In unserem Haus war ein Luftschutzkeller, der Luftschutzraum genannt wurde. Es war aber ein ganz normaler Keller aus einem Ziegelgewölbe. Eine Hausbewohnerin war als Luftschutzwart ausgebildet worden. Die hatte einen Stahlhelm auf, wie ein Soldat, und eine Armbinde mit dem Hakenkreuz drauf. Wozu die sich mit ihrem Stahlhelm wichtig machte und wozu der gut sein sollte, weiß ich bis heute nicht. Da bei Fliegeralarm jeder schnellstens einen Luftschutzraum aufsuchen musste, waren die Zugänge dazu, auch auf den Straßenfassaden der Häuser, mit weißen Linien und einem Pfeil, bei dem am Ende LSR geschrieben war, was Luftschutzraum bedeutete, gut sichtbar beschriftet. (Manchmal auch LSK = Luftschutzkeller) So fand man schnell einen Platz. Denn es musste jeder, auch Hausfremde, aufgenommen werden, wenn die Sirenen heulten.
Unser LSR war sehr groß. Doch es war nur ein gewöhnlicher Keller, wie ihn alle Häuser hatten. Besondere Sicherungen hatte der nicht. Nur ein paar Holzbänke standen an der Mauer. Bei einem Volltreffer, wie man sagte, wären wir alle tot gewesen. Und noch knapp vor Kriegsende fiel auch eine Bombe auf unser Haus, das war aber ein sogenannter Blindgänger. Der schlug durch das Dach durch und blieb auf dem Dachboden liegen, ohne zu explodieren. Die Bombe wurde von Soldaten entschärft und abtransportiert. Das weiß ich aber nur aus Erzählungen von Nachbarn, denn ich war seit Juni 1944 mit meinem Kind bei meinen Eltern auf dem Bauernhof in Lunz.
Mein jüngerer Bruder war schon lange im Krieg und meine jüngere Schwester, die war noch nicht verheiratet, half auf dem Bauernhof mit. Mein Vater, damals war er 46 Jahre alt, war „uk." gestellt. Das bedeutete, dass er für den Bauernhof unbedingt nötig war, denn als Bauer erzeugte er Lebensmittel für die Volksgemeinschaft, wie man sagte. Und er war auch der einzige Mann im Haus. Fremdarbeiter, wie bei Großbauern üblich, bekamen wir Kleinhäusler nicht.
Meine Eltern waren sehr arme, aber fleißige Leute, die nur Arbeit kannten und kein Vergnügen. Man könnte sagen, sie lebten von der Hand in den Mund, aber nicht einmal das stimmte genau. Denn für den eigenen Mund blieb sehr, sehr we-

nig. Die Milch der Kühe wurde gleich entrahmt. Daraus wurde Butter gemacht und verkauft. Für Hausleut' blieb nur die Magermilch. Denn man hatte sonst kein Einkommen, um andere Lebensmittel kaufen zu können. Auch die Eier der Hühner brachte meine Schwester in den Ort, um sie zu verkaufen. Das war ein langer und beschwerlicher Fußmarsch über einen steilen Hohlweg, besonders im Winter, der war ausgefahren und rumpelig von den Pferde- oder Ochsenfuhrwerken der Bauern auf dem Berg. Auch ich musste das als Kind machen. Auto hatte damals keiner von den Privatleuten. Nur der Graf unten im Ort, bei dem ich von meinem sechzehnten Lebensjahr an im Dienst war. Dort bekam ich 20 Schilling im Monat, eine karge Kost und ein Bett in einem Abstellkammerl. Die Arbeit begann täglich um fünf Uhr früh und endete erst, wenn es der Herr Graf erlaubte. Am Sonntag hatte ich drei (!) freie Stunden. Damit war dem Wunsch des hochwürdigen Herrn Pfarrers Genüge getan, dass ich Zeit für einen Besuch der Sonntagsmesse hatte. Aber im Jahr 1944 hatte der Herr Graf auch kein Auto mehr, sagte mir mein Vater mit Schadenfreude. Das hatte ihm die Wehrmacht weggenommen. Requiriert sagte man damals. Ich glaube fast, das war ein anderes Wort für stiebitzen – oder war es doch nichts anderes als stehlen?
Als ich von Wien 1944 nach Lunz kam, waren meine Eltern froh, dass sie mit mir noch eine zusätzliche kostenlose Arbeitskraft bekommen hatten. Denn einen Knecht oder eine Dirn hätten sie nicht bezahlen können. Es war oft schwer ihnen zu erklären, dass ich mich auch um meine kleine Tochter kümmern musste. Die konnte ich auf dieser ungesicherten Alm nicht sich selbst überlassen. Beim Melken versuchte ich immer etwas von der vollen fetten Milch für sie abzuzweigen, damit sie eine bessere Ernährung bekam als wir Erwachsenen. Aber Mutter durfte das nicht wissen. Für uns gab es nur Brot und Magermilch oder einen Kaffeeersatz zum Frühstück. Sonst nur gekochte Erdäpfel, manchmal mit saurer Milch oder eine Stosuppe. Die wurde bei uns mit Wasser, etwas Buttermilch, Salz und Pfeffer gemacht. Rahm oder Erdäpfel oder Gemüse kamen nie hinein, wie sie hätte zubereitet werden sollen. Dann wäre das eine nahrhafte und gut schmeckende Speise gewesen. Unsere war eine richtige Wassersuppe. Nur das Stück Brot dazu sättigte etwas. Auch der schwer arbeitende Vater bekam nichts anderes. Ich war das gewöhnt, denn während meiner Kinderzeit hatte ich auch nie etwas anderes zum Essen bekommen. Noch heute, nach so vielen Jahren meine ich den Geschmack dieser Suppe zu spüren. Dann erlebe ich Momente meiner

schrecklichen Kindheit, die ich mit schwerster Arbeit und Hunger verbinde. In die Schule bekam ich damals einen heißen Erdapfel in Papier eingewickelt mit. Der sollte meine kalten Finger im Winter wärmen und er war meine Schuljause, die bis um drei Uhr Nachmittag reichen musste, bis ich erschöpft vom Gehen im langen und steilen Hohlweg wieder zu unserem Bauernhof kam.

Schon im Sommer 1944 waren wir, meine Tochter und ich, nach Lunz gekommen. Dort waren wir vor Bombenangriffen sicher. Allerdings wussten wir nicht, ob unsere Wohnung in Wien noch existierte, denn es fielen ja täglich Bomben auf Wien. Besonders viele Angriffe gab es auf den zweiten Bezirk, wo wir als Untermieter wohnten, da wir ausgebombt waren. In der Nähe unserer Wohnung waren Bahnhöfe. Diese wurden bevorzugt bombardiert.

Es kamen die letzten Weihnachten im Krieg. Wir wussten das zwar nicht sicher, aber hofften es, weil alles darauf hindeutete, dass das so sein würde. Die Russen waren schon in Ungarn, hörten wir von Nachbarn. Die würden bald die österreichische Grenze erreichen. Und einer erzählte, dass die Amerikaner schon an der französisch-deutschen Grenze stünden.

Auf Lunz gab es keine Fliegerangriffe. Aber beinahe täglich sahen wir große Mengen von Bombenflugzeugen, wenn sie hoch über uns flogen. Die waren klein, wie Spielzeuge sahen die aus oder wie Vögel. Jedenfalls empfanden wir sie gar nicht als gefährlich. Aber dort, wo sie ihre Bomben abwarfen, gab es tausende tote und verwundete Zivilisten und viele Krüppel. Wie viele Häuser zerstört wurden, erfuhren wir erst, als wir 1945 wieder nach Wien zurückkamen. Bevor diese Bomberschwärme aber zu sehen waren, schon lange vorher, hörten wir ihr tiefes Brummen. Denn die Berggipfel um Lunz ließen sie erst im letzten Moment sichtbar werden. Das Brummen, eher ein Grollen, wurde, je näher sie kamen, immer lauter, schriller und unangenehmer. Wenn sie dann schon zu sehen waren, spürte man das Brummen wie ein Zittern im Haus, aber auch draußen war das Vibrieren zu fühlen. Dieses Brummen kann ich bis heute nicht vergessen, obwohl bei uns keine Bomben geworfen wurden. Bis auf einmal, da fiel unten am Ortsrand eine. Die Leute sagten, das wäre zufällig passiert. Der Pilot habe irrtümlich auf den Auslöser gedrückt.

Am Heiligen Abend war es still. Keine Flugzeuge flogen über uns hinweg. Sehr viel Schnee lag auf unserem Berg vor dem Haus und auch im Hohlweg. Der war praktisch unbegehbar. Unten, der See, war zugefroren und eine einzige weiße

Fläche. Es war ein richtiger stiller Heiliger Abend, wie man ihn sich wünscht, doch festlich oder besinnlich war er nicht. Der Krieg war überall um uns und in unseren Gedanken, und er kam immer näher, das vergaß man keinen Moment. Die Stallarbeit musste aber, wie an jedem anderen Tag des Jahres auch, gemacht werden. Die Tiere kennen keine Feiertage und ebenso ist es mit den Bauern.
Der Vater hatte einen kleinen, etwas zerrupften Christbaum, eine Fichte, fast eine Karikatur aufgetrieben. Wir wussten nicht, dass wir damit in einer Situation waren wie nur wenige in Österreich, denn die Meisten hatten keinen Christbaum an diesem letzten Weihnachtsfest in diesem furchtbaren 2. Weltkrieg. Und die Meisten konnten auch keine Geschenke geben oder bekommen. Auch bei uns war das nicht viel anders mit den Geschenken. Die sogenannte Bescherung war in meiner Familie ja nie mit vielen oder gar besonderen Geschenken verbunden. Es war eher eine symbolische. An diesem Tag war sie noch armseliger, als wir es gewohnt waren. Meine Schwester, die auf dem Hof schwerste Arbeiten wie ein Knecht verrichten musste, bekam einige Knäuel Wolle. Damit konnte sie sich Handschuhe oder einen Schal stricken. Für meinen Vater gab es Zigaretten in einer kleinen Holzschachtel. Sicher bekamen

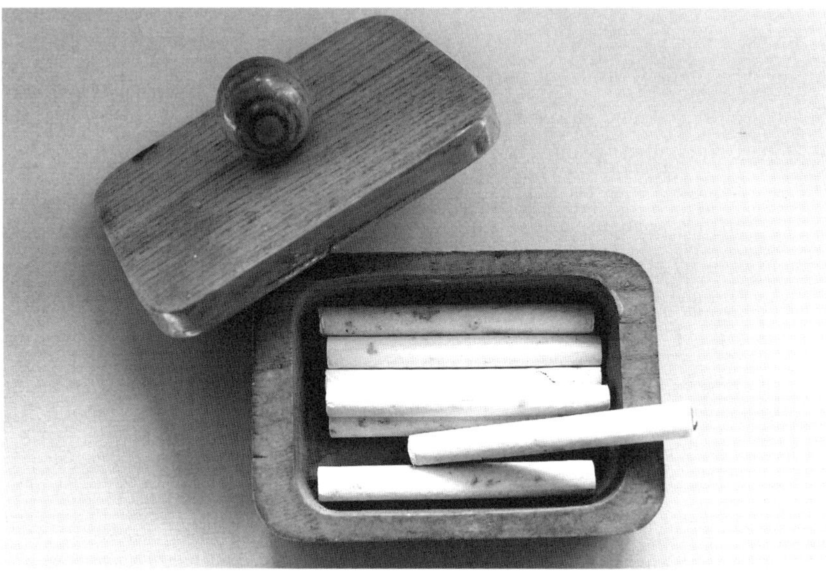

Zigaretten, wie sie Melanies Vater 1944 als Weihnachtsgeschenk erhielt.

auch meine Mutter und ich auch kleine Geschenke, aber daran erinnere ich mich nicht mehr. Vielleicht möchte ich mich auch gar nicht mehr an diesen trostlosen und hoffnungslosen Abend erinnern. Für den Christbaum hatten wir keine Zuckerln, wie das sonst üblich war. Vater schnitt mit der Säge kleine würfelige Holzstücke zu. Die wickelten wir in Papier mit Fransen am Ende ein. Darum wurde ein Stück Zwirn gebunden und das hängten wir auf den Baum als Schmuck. Wir zündeten ein paar Kerzen auf dem Baum an und sangen „Stille Nacht“ und „O Tannenbaum“. Wie immer halt. Für meine Tochter hatte ich schon vor langer Zeit in einem Geschäft in Wien auf der Taborstraße einen kleinen braunen Teddybär gefunden und gekauft. Den hatte ich bisher versteckt. Heute bekam sie ihn als Geschenk. Er saß unter dem Baum. Als sie ihn sah, leuchteten ihre Augen und sie drückte ihn gleich an sich. Der kleine Teddy begleitete uns auch noch in unsere spätere Wohnung in Wien in Floridsdorf. Er war ein ganz besonderes Geschenk zu diesem Fest, denn Puppen oder Teddybären oder andere Kinderspielsachen konnte man schon lange nicht mehr kaufen. Nur im Tausch konnte man so etwas erwerben. Aber ich hatte nichts zum Eintauschen. Selbst im Schleich, womit der verbotene Schleichhandel, wie man das nannte, gemeint war, oder unter der Budel, also wenn man Bekannte hatte in einem Geschäft oder gute Beziehungen, hätte ich sicher ein solches Spielzeug nicht bekommen.

Meine Mutter und die Schwester richteten in der großen Küche das „Weihnachtsmahl“ an. Sie hatten frisches Brot aufgeschnitten. Auf einem Teller lag ein Butterstriezerl, klein und armselig, das wir heute aus frischem Rahm geschlagen hatten und das ausnahmsweise nicht verkauft worden war. Daneben stand ein Glas mit Honig und einem Löffel. Mein Vater hatte eigene Bienen, denn zu kaufen gab es, wenn überhaupt, nur mehr weißen Kunsthonig. Woraus der war, weiß ich gar nicht. Für uns war das ein außergewöhnliches Essen. Unseren eigenen Honig musste Vater „stehlen“, denn auch dafür gab es die Ablieferungspflicht. Still saßen wir um den Tisch und aßen Butterbrot mit Honig, dazu tranken wir Magermilch und heißen Tee mit Zucker. Das war aber Lindenblütentee, den wir im Sommer selbst gebrockt und getrocknet hatten. Denn zu kaufen gab es keinen Tee. Auch heute esse ich noch gerne Butterbrot mit Honig. Dabei erinnere ich mich jedes Mal an das Weihnachtsfest von 1944 und bin dankbar, dass dies heute kein Luxusessen mehr ist.

Im Fenster stand ein brennender Kerzenstumpf als ein Signal an alle Männer in der Ferne. Dieses Licht sollte ihnen leuchten und den Weg nach Hause zeigen. Und so dachten wir an meinen Mann und meinen Bruder und die Onkeln, die irgendwo gegen einen Feind kämpften ohne es zu wollen. Keiner von ihnen wollte in den Krieg ziehen. Und ganz sicher tat es keiner mit Freude oder Begeisterung. Wer das erzählt, sagt die Unwahrheit.

Es war kein festlicher Abend. Wir saßen eben zusammen und waren froh einmal etwas anderes als das Übliche zum Essen zu bekommen, das war Freude genug. Die Stimmung war eher traurig und vielleicht etwas besinnlich. Wann wird das alles vorbei sein, dachten wir wohl alle. Wir gingen bald schlafen, denn auch der Christtag war ein Arbeitstag wie jeder andere, und das bedeute um fünf Uhr früh aus dem Bett.

An andere Einzelheiten dieses Abends, der ja immer einer der Familie war, erinnere ich mich nicht mehr. Ich weiß nur, dass trotz aller Not, die nach dem Krieg herrschte, das nächste Weihnachtsfest, das von 1945, viel schöner war als das von 1944. Es gab zwar kaum Lebensmittel zu kaufen und kein Heizmaterial, aber wir waren wieder eine Familie in Wien in unserer kleinen Wohnung. Mein Mann war wieder da, und es war Frieden. Somit waren diese Weihnachten ein wahres Friedensfest. Die Erinnerung an den Heiligen Abend von 1944 verbinde ich nur mit Angst. Es war Angst um meinen Mann, um unsere Zukunft, ob wir überhaupt noch eine Wohnung in Wien hatten. Viel Angst hatten wir auch vor den Russen. Und später zeigte sich, dass wir uns nicht ohne Grund fürchteten, wenn man hörte, was die russischen Soldaten Frauen und oft auch Schulmädchen angetan haben.

Ich bin in diesem Jahr 93 Jahre alt geworden und ich bin nicht schwer krank oder behindert. Ich kann alle nötigen Hausarbeiten noch selbst erledigen. An Weihnachten 1944 möchte ich mich aber nicht mehr erinnern. Ich habe diese wahre Geschichte nur niedergeschrieben, damit heutige Generationen nicht nur fordern und unersättlich sind in ihren Ansprüchen. Ein frisches Brot mit Butter und Honig war damals ein Festmahl. Aber die Soldaten an der Front, täglich den Tod vor Augen, oder die Kriegsgefangenen der Russen in Sibirien wären froh gewesen, hätten sie nur einmal am Tag ein Stück trockenes Brot bekommen. Selbst viele Soldaten bekamen zu Weihnachten 1944 nicht einmal mehr die ihnen zustehende Brotration, wie mein Mann erzählte. Vergesst das nicht!

Melanie R., 2014

O Tannenbaum

Mit dem Autor bin ich seit langem befreundet. Er lebte während des Krieges seit seiner Geburt im Jahr 1935 im Bauerndorf Strykowo, in der Nähe der Stadt Posen. Hier treffen zwei wichtige Durchzugsstraßen aufeinander. Die eine aus Breslau (Wrocław), die andere aus Grünberg (Zielona Góra). Im Dezember 1944, auch an den Weihnachtsfeiertagen, zogen hier Tag und Nacht Flüchtlingskolonnen durch: Baltendeutsche und Schwarzmeerdeutsche, die im Warthegau in den von Polen beschlagnahmten Häusern angesiedelt worden waren. Diese flohen zum zweiten Mal, diesmal für immer, vor den Sowjets. Sie sahen ihre Heimat nie wieder.
Die Geschichte seiner Kindheit hat der Autor mir in mehreren Gesprächen erzählt. Diese wurden in Polnisch geführt. Die Weihnachtsgeschichte, die hier erzählt wird, ist ein Teil dieser Gespräche. Eine Einleitung erläutert das Leben und die Umwelt des Autors während seiner Kindheit seit Kriegsbeginn.

Der Herausgeber

Als der Krieg im September 1939 in unser Land kam – uns im Westen Polens traf er zuerst – war ich vier Jahre alt. Die Grenze Polens zu Deutschland verlief damals viel weiter östlich als heute. An diese Zeit habe ich wenig Erinnerung. Mein Großvater betrieb in unserem Wohnort eine Huf- und Wagenschmiede und eine Reparaturwerkstätte für Fahrräder. Er war ein in der ganzen Umgebung angesehener Mann. Jeder brauchte ihn. Automobile gab es bei uns im Ort keine. Die Pferdewagen, besonders die für die Feldarbeit, hatten alle mit Eisenreifen beschlagene Räder. Diese Reifen nutzten sich auf den mit unregelmäßig geformten, von den Feldern stammenden Steinen gepflasterten Straßen rasch ab. Ebenso erging es den Hufeisen der Pferde. Die mussten regelmäßig erneuert werden. Asphaltstraßen kannten wir nicht. Die Nebenstraßen und alle Wege im Dorf waren unbefestigt. Sie sahen aus wie Feldwege. Im Sommer bedeutete das Staub, der überall hin drang, auch in die Wohnungen. Bei Regen- oder Tauwetter gab es dort knöcheltiefen Schlamm.
Noch im Jahr 1939 war es mit der Schmiede des Großvaters vorbei. Die Szwaby, wie wir die Deutschen nannten, haben sie ihm weggenommen. Damit hatten wir auch unser Wohnhaus verloren. Denn wir wohnten alle im großen und schönen Haus des Großvaters. Der konnte sich das leisten, denn sein Geschäft ging gut. Mein Vater arbeitete auch in der Schmiede seines Vaters. Die Familie

bestand aus sechs Personen, die alle in dem Haus wohnten, und einem Lehrling. Von einem Tag auf den anderen lebten wir in einem Raum in einem anderen Haus, in den schon andere Familien aus unserem Ort umgesiedelt worden waren. Die Großeltern fanden später ein anderes Zimmer, so dass wir, meine Eltern, meine Schwester und ich, in dem Zimmer weiter wohnten. Aber das blieb nicht so. Noch dreimal wurden wir umgesiedelt. Wir hatten keine eigenen Möbel, es stand uns immer nur das zur Verfügung, was in den Räumen von den Vorbewohnern zurückgeblieben war, und das war nicht eben Luxus, oft nur Gerümpel. Vater musste vieles reparieren und erneuern.
Normalerweise wäre ich mit sieben Jahren, das war im Jahr 1942, in die Grundschule gekommen. Die deutschen Besatzer hatten aber für den Warthegau, wie sie den westlichen Teil Polens nannten, für polnische Kinder den Schulbesuch verboten. Die polnischen Schulen waren aufgelöst worden. Erst mit 10 Jahren, nach Ende des Krieges, lernte ich richtig Schreiben und Lesen. Es war übrigens auch verboten, öffentlich Polnisch zu sprechen. Wir Kinder redeten natürlich untereinander Polnisch, aber ich lernte in der Zeit ganz gut Deutsch sprechen.
Als die Weihnachtszeit 1944 näher kam, lebten wir in der Nähe eines großen Gutshofes in einem zugewiesenen Zimmer mit einer kleinen Küche und einem Ofen. Alle Polen mussten für die Deutschen arbeiten. Viele auch ohne Lohn, nur gegen Lebensmittel. Kinder mussten ab dem neunten Lebensjahr ebenfalls zwangsweise arbeiten. In der Landwirtschaft schon ab dem siebenten.
So wurde ich 1942 anstatt zum Schulbesuch zur Arbeit auf dem Gutshof eingeteilt, auf dem bereits meine Mutter und meine Schwester arbeiteten. Die Arbeit begann für uns Kinder um sechs Uhr früh und dauerte, je nach Jahreszeit, 12 Stunden. Auch längere Arbeitszeiten kamen vor.
Mein Vater, der zusammen mit Großvater in der nun von einem Deutschen geführten Schmiede arbeitete, war seit Anfang Dezember 1944 nicht mehr bei uns. Er war zum „Einsatz“ eingeteilt worden. Das bedeutete, er war eingezogen worden um östlich von Poznań, damals Posen genannt, Panzergräben auszuheben. Denn die Russen standen schon im Warthegau, und man erwartete täglich ihre Winteroffensive. Die kam dann aber erst im Jänner 1945. Damit kam auch unser Vater wieder zu uns zurück. Und wie man weiß haben die Gräben die sowjetischen Panzer nicht aufgehalten, wahrscheinlich kaum behindert.

Weihnachten war und ist in Polen ein großes Fest. Doch allen Menschen, die auf dem Gutshof des Herrn Hofmann arbeiten mussten, war nicht zum Feiern zumute. Wir bekamen kaum mehr etwas zu essen. Was auf dem Gutshof erzeugt wurde, beschlagnahmte die Wehrmacht oder auch kleine Gruppen der SS. Unsere uns zustehenden Rationen bekamen wir seit einiger Zeit nicht mehr. Nicht einmal die Deutschen konnten ausreichend versorgt werden. Die Polen sollten nur arbeiten und möglichst bald sterben. Mutter stahl immer einige Handvoll Getreide vom Viehfutter. Das versteckte sie unter ihrem weiten Rock. Sie arbeitete im Stall. Das war eine schwere und schmutzige Arbeit. Auch ich half dort mit. Meine Schwester und ich bekamen täglich einen halben Liter Milch. Das Getreide, das Mutter mitbrachte, musste ich mit der Kaffeemühle mahlen. Das war mir, nach der täglichen schweren Arbeit, oft kaum noch möglich, denn meine Arme wurden davon steif. Mutter backte aus dem groben Mehl Fladen auf dem eisernen runden Ofen. Sie legte die Fladen direkt auf die eisernen Ringe des Ofens. Eier oder andere Zutaten hatten wir nicht. Auch kein Salz. Sie mischte das Mehl, das noch viele Körner enthielt und auch Kleie, mit Wasser zu einem Teig. Den legte sie direkt auf die heißen Ofenringe. Das war unser Brot, das sie Maza nannte.[4] Wir Kinder verschlangen es noch heiß, gleich, wenn es aus dem Ofen kam und Mutter es in Teile zerbrach.

Weihnachten kam näher, und das Getreide wurde immer weniger, das Mutter heimbrachte. Sonst hatten wir nichts zu essen. Ich hörte ihre Klagen und ihre Sorgen. Vorräte gab es nicht, woher auch? Wir würden einfach verhungern, wenn keine Rettung käme. Das ging mir zu Herzen und ich überlegte, wie ich die Familie retten könnte. Am 24. Dezember, dem Heiligen Abend, hatte ich frei – oder hatte mir wahrscheinlich frei genommen – so genau weiß ich das nicht mehr. Mein Entschluss stand fest: Ich werde Essen für die Familie beschaffen. Wir werden alle weiter leben, auch wenn das die Deutschen nicht wollten. Schon am Tag vorher hatte ich mir das immer wieder überlegt, war im Zweifel, ob das richtig sei, was ich vorhatte. Doch ich fand keine andere Lösung.

Aus der Werkzeugkiste meines Vaters nahm ich den größten Hammer, den er aus der Werkstätte gerettet hatte, und aus der Küche das große Messer. Wir hatten nur zwei. An diesem zweiten zog ich die Schneide des großen ab, damit es besonders

4 Maza, vermutlich nach dem jüdischen Matze so genannt.

scharf war. So hatte ich es beim Schlachter auf dem Hof gesehen. Mein Taschenmesser hatte ich wie immer bei mir, und das war – auch wie immer – scharf geschliffen. Das hatte mir Großvater beigebracht, dass ein Bub nie ohne Taschenmesser aus dem Haus gehen soll. Damit ging ich in den kleinen Verschlag hinter dem Haus. Dort drinnen stand unsere Ziege Mecia. Wenn ich sonst zu ihr ging, redete ich immer mit ihr, fragte sie, was sie den ganzen Tag gemacht hatte und ob sie mir Milch geben werde. Und sie meckerte mir immer zu und freute sich, wenn sie eine Portion Heu bekam. Diesmal durfte ich mit ihr nicht reden. Das war mir klar. Ich musste hineingehen und meinen Vorsatz ausführen. Und das tat ich, ohne weiter zu überlegen.
Ich warf ihr ein kleines Büschel Heu zu, sie meckerte wie immer, doch ich achtete nicht darauf. Alle Kraft, die ich hatte, nahm ich zusammen und schlug sie mit dem schweren Hammer auf den Schädel. Das krachte ganz schrecklich. Sie fiel sofort um, ohne einen Laut von sich zu geben. Mit dem großen Messer schnitt ich ihr den Hals von einer Seite zur anderen auf. Das Blut schoss stoßweise aus ihr heraus. An den Hinterbeinen begann ich sie anzuheben, damit alles Blut aus ihr ausrinnen konnte. Das hatte ich immer beobachtet, wenn Schweine geschlachtet wurden. Richtigerweise hätte ich die Ziege hochziehen und an der Wand befestigen müssen. Dazu aber fehlte mir die Kraft. Als kaum mehr Blut aus dem Hals kam, legte ich sie hin. Mit meinem Klappmesser begann ich, Schnitt für Schnitt ihr das Fell vom Körper abzulösen. Denn auch das Fell war ein wertvolles Gut, das man gegen Lebensmittel eintauschen konnte. Nach einiger Zeit hatte ich, ohne die Haut zu verletzen, denn das hätte den Wert vermindert, mit viel Mühe das ganze Fell neben mir liegen. Ich nahm es und hängte es zum Trocknen über den Bretterverschlag, in dem unsere Mecia bisher gelebt hatte. Als Mutter, etwas früher als sonst, nach Hause kam, war die Ziege in Stücke zerteilt, wie ich es beim Schlachter gesehen hatte. Innerhalb des Ziegenstalls hatte ich in den Sandboden mit dem Spaten ein Loch gegraben. Hier herinnen war der Boden nicht gefroren, und im Sand ging es ganz leicht, die Grube auszuheben. Dort warf ich die Eingeweide hinein und schüttete Sand darüber. Mit den Füßen stampfte ich den Boden fest. Darüber warf ich Stroh, das mit dem Mist unserer Ziege vermischt war. Die Fleischteile trug ich nun einzeln ins Haus. Dann machte ich Feuer im Ofen. So fand Mutter mich vor, mit Blut beschmiert, als sie nach Hause kam. Alle Ziegenteile lagen ordentlich aufgelegt auf dem Küchentisch.

Erst war sie sprachlos. Sie verstand nicht sofort, woher das Fleisch war. Dann merkte sie, das war unsere Ziege. Es war, als wollte sie etwas sagen, dann schüttelte sie nur ungläubig den Kopf und sagte: „Du hast das gemacht?“
Ich konnte nur nicken. Eigentlich erwartete ich Lob, da ich uns vor dem Hungertod gerettet hatte, wie ich meinte. Doch auch Hiebe hätten mich nicht überrascht. Doch Mutter reagierte anders. Sie schüttete Wasser in die blecherne Waschmuschel und wusch sich die Hände bis zu den Ellenbogen. Dann schickte sie mich hinaus, um mit dem Holzeimer Wasser vom Brunnen zu holen. Damit füllte sie einen eisernen Topf, nahm die Ringe vom Ofen, und auf die offene Feuerstelle kam der Topf mit Wasser und einigen Teilen unserer Ziege. Braten konnten wir das Fleisch nicht, da wir kein Schmalz dazu hatten. So begann der Heilige Abend: Das Fleisch kochte und verbreitete einen Geruch, den wir seit Jahren nicht kannten.
Vom nahen Wald hatte ich schon einige Tage zuvor in der Nacht einen Weihnachtsbaum geholt. Das war gefährlich, denn die Deutschen bestraften auch Kinder, selbstverständlich nur polnische, mit Gefängnis, wenn man sie beim Diebstahl erwischte. Doch wir hatten unseren Baum. Und wir hatten auch etwas Lametta und sogar noch ein paar schon gebrauchte Kerzen vom Vorjahr, die im Vorjahr schon vom Vorjahr waren. Und wir hatten einen Festtagsbraten, der nicht gebraten, sondern ohne Salz gekocht war. Und von dem aßen wir, wie wir noch nie gegessen hatten. Zumindest konnte ich mich nicht an ein solches Essen erinnern. Ich kannte bisher nur Hunger und Mangel.
Auf dem Ofen, den ich ständig auf höchster Flamme heizte, kochte das nächste Stück Fleisch. Und das ging so den ganzen Abend lang. Zum Überfluss an Fleisch hatten wir für uns Drei nur zwei Fladenbrote. Die aßen wir an diesem Tag langsam und beinahe andächtig. Erst nachdem wir richtig satt gegessen waren, zündete Mutter mit einem Span aus dem Ofen die paar Kerzen auf dem Baum an. Denn Zündhölzer waren etwas so Wertvolles, dass ich mir damals vornahm, dass ich nach dem Krieg Zündholzfabrikant werden wollte. Denn damit würde man so reich sein, dass man in einem Palast leben und Angestellte haben konnte, die für einen Schweine oder Ziegen schlachten würden.
Bis jetzt hatte in unserer armseligen Stube, die nur einen Boden aus gestampftem Lehm hatte, die Karbidlampe Licht gegeben. Eine solche Lampe erzeugt aus Karbidstückchen, auf die Wasser tropft, Acetylengas. Dieses Gas wird zu

einem Brenner geführt und angezündet. Die Verbrennungsgase stinken fürchterlich. Außerdem sind diese Lampen gefährlich. Auch Explosionen hat es schon gegeben. Wir hätten lieber die weniger stinkende Petroleumlampe gehabt, doch Polen konnten kein Petroleum kaufen. Wie ich aber mitbekam, war es auch für Deutsche 1944 schon schwierig, Petroleum zu bekommen.

Jetzt aber brannten die Kerzen, und plötzlich war Weihnachtsstimmung im Raum um uns. Wir waren satt, standen vor dem Christbaum und begannen, wie auf ein Zeichen, O Tannenbaum zu singen. Wir sangen auf Deutsch. Denn es gab Nachbarn, *Landsleute*, die der Polizei anzeigten, wenn jemand polnische Lieder sang. Somit ist O Tannenbaum ein Lied, das ich bis heute auf Deutsch singen, eher besser sprechen kann, denn im Singen war ich nie der Beste.

Während wir sangen, hörten wir draußen Stimmen, und bald klopfte jemand an der Türe. Mutter hatte gleich Angst. Alle hatten Angst damals, wenn es an der Türe klopfte. Doch ich ging gleich, um nachzusehen. Da stand ein Mann und sagte, sie seien Flüchtlinge, Baltendeutsche. Sie hätten gehört, dass wir Deutsch singen und hätten eine Bitte. Sie hätten es schon bei zwei Häusern versucht, doch niemand wollte sie einlassen. Er sprach ein ganz eigenartiges Deutsch, das ich fast nicht verstehen konnte. Doch Mutter schien ihn ganz gut zu verstehen und fragte, was er denn wolle.

Ein kleines Kind hätten sie, einen Säugling, der die Windel voll hätte. Sie baten in die Stube kommen zu dürfen und den Kleinen waschen und umwickeln zu können. Draußen hatte es etwa -20°, wie könnten sie ihn da sauber machen.

Mutter, die Gute und Hilfsbereite, bat ihn und seine Frau mit dem Kind herein. Sie goss warmes Wasser in die Waschschüssel und breitete eine alte Decke auf dem Küchentisch aus.

Als sie den Kleinen aus seinen vielen Tüchern auswickelten, kamen zuletzt die verschmutzten Windeln zum Vorschein. Die rochen gar nicht gut, und ich dachte, wie kann ein so kleines Kind so furchtbar stinken. Doch bald war er gewaschen. Mutter nahm die Windeln, wusch sie draußen im Stall aus, so gut das möglich war, und bald war der Kleine sauber und wurde in saubere Windeln gepackt und in seine vielen Hüllen eingewickelt.

Die Leute sahen natürlich, dass wir – noch immer – Fleisch kochten. Vom garen Ziegenfleisch nahm Mutter ein großes Stück und gab es den Leuten. Ein fröhliches Fest wünschte sie ihnen dazu. Die Beiden waren gerührt.

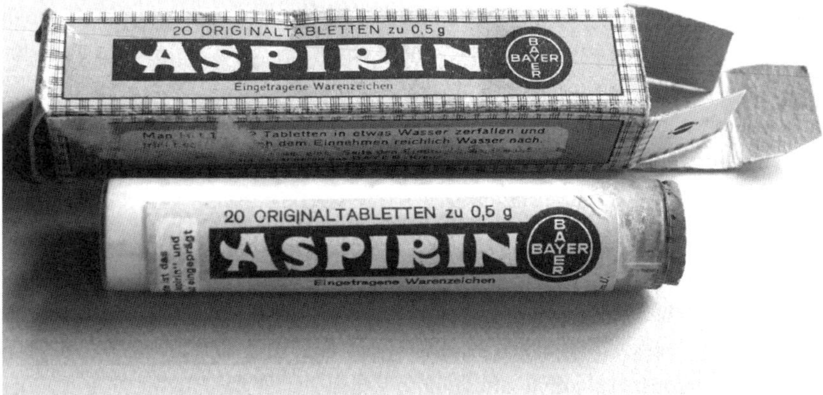

Einer solchen Phiole entnahm der unbekannte Deutsche die Tabletten.
Diese retteten später Leons Leben.

Sie sagten, wir, die wir eigentlich ihre Feinde sein sollten, hatten sie eingelassen. Bei den eigenen Landsleuten hatte man die Türe nicht einmal aufgemacht. Sie wollten uns danken, wussten aber nicht wie oder womit. Viel hatten die ja selber nicht, und der Weg, den sie vor sich hatten, war lang und mühsam und eigentlich schrecklich bei der Kälte, dem Wind und dem vielen Schnee. Da griff der Mann in die Tasche seiner dicken wattierten Jacke und zog eine kleine Glasphiole heraus, die in ein Taschentuch gewickelt war, wohl um sie gegen Beschädigungen zu schützen. Er zog den kleinen Stöpsel aus Kork heraus und etwas Watte, die unter diesem Kork war. Er nahm vier Tabletten heraus. Es war Aspirin. Er meinte, dass uns die vielleicht einmal hilfreich sein könnten. Und er gab sie Mutter als Dankeschön. Diese sagte später immer wieder, auch nach dem Krieg: „Es waren Original Bayer Aspirin.“ Das habe ich mir eingeprägt, da dies klang, als wäre es etwas ganz besonders Wertvolles. Und es sollte sich herausstellen, dass diese Tabletten für uns, besonders für mich, ein besonders wertvolles Geschenk waren.

Mit Tränen in den Augen verabschiedete sich die Frau mit ihrem Säugling von uns und der Mann wünschte uns alles Gute und wir noch einmal fröhliche Weihnachten, wie man das eben so wünscht. Doch so fröhlich würden die

Weihnachten für diese Flüchtlinge nicht werden. Denn draußen stand ein großer Leiterwagen wie er zum Heutransport verwendet wurde mit zwei Pferden davor. Oben, eher im Wagen, denn er war mit einer Plane abgedeckt, so dass es nicht direkt auf die Insassen schneite, saßen noch andere Menschen. Wir konnten die kaum sehen, so finster war es, und der feine vom Wind getriebene Schnee erschwerte die Sicht zusätzlich. Hinten am Wagen war mit einem dikken Seil eine recht magere Kuh angehängt. Es war ein trauriges Bild, das sich uns darbot. Vor mir der Frost, der Schnee und der böige Eiswind, doch hinter mir, an der offenen Tür wärmte mich der Ofen in unserer Küche und der Geruch des Ziegenfleisches zog an mir vorbei ins Freie hin zu den ins Ungewisse Ziehenden. Noch heute sehe ich dieses Bild vor mir und spüre die Absurdität und Zwiespältigkeit dieser Situation. Wir armen Polen hatten ein warmes Heim in unserer schmutzigen und rauchschwarzen Stube mit einem Boden aus Lehm. Wir hatten einen Weihnachtsbaum und warmes Essen. Die sieggewohnten Deutschen, die uns beherrscht hatten, die befohlen hatten, uns alles genommen hatten, zogen beschämt und erniedrigt davon. Heute denke ich manchmal, wohin die wohl fahren wollten. Die hatten doch kein Ziel, kein Heim, keine Zukunft. Sie wollten nur weg, da ihnen die Rache der Russen drohte. Ob der Säugling, der bei uns aufgenommen und in saubere Windeln gewickelt wieder auf Fahrt gehen konnte, je angekommen ist? Ob er überlebt hat? Was ist aus ihm geworden? Jetzt, im Alter, denke ich oft darüber nach. Doch es wird keine Antworten auf diese Fragen geben.

Mit meiner dünnen Hose und bloß einem Hemd stand ich mit Mutter vor der Türe und schaute unseren Gästen nach. Der Schnee stob mir ins Gesicht und auf die Brust, doch ich spürte keine Kälte.

Mit einem Hüo zogen die Pferde an. Die Frau mit dem Kind winkte uns noch einmal zu. Langsam verschwand der Wagen im Schneestaub und der Dunkelheit. Mutter sagte noch, dass es diese Kuh nicht mehr lange machen werde. Ich merkte auch, dass die kaum mehr gehen konnte.

Viel an Erlebnissen, schwerer Arbeit und Überraschungen hatte uns dieser Heilige Abend gebracht. Wir waren alle erschöpft und müde. Mutter wollte noch aufbleiben, bis das letzte Stück Fleisch gekocht war. Meine Schwester, die das Bett mit unserer Mutter teilte, und ich krochen unter die Tuchenten. Ich glaube, ich schlief schon, als ich noch gar nicht im Bett lag.

Doch damit waren die sonderbarsten und an ungewöhnlichen Ereignissen reichsten Weihnachten meiner Kindheit, wenn nicht meines langen Lebens, noch nicht zu Ende.

Normalerweise wäre der 25. Dezember ein Feiertag gewesen. Wir Polen aber mussten arbeiten. Bauern mussten an jedem Tag arbeiten. Tiere müssen gefüttert werden, und das jeden Tag. Mutter war sicher schon um fünf Uhr früh im Stall, obwohl sie sicher bis nach Mitternacht mit dem Fleischkochen zugebracht hatte. Ich wachte erst auf, als es schon hell war. Schnell zog ich mich an und lief hinüber zu meiner Arbeit. Dort hatte keiner meine Verspätung bemerkt. Die Deutschen waren alle schon mit den Vorbereitungen zur Flucht beschäftigt. Obwohl unser Gutsverwalter, der Herr Hofmann so tat, als wäre alles noch wie vor vier Jahren.

Ich versuchte schnell und schlampig bei den Kühen, die mir zugeteilt waren, auszumisten. Ich war schrecklich müde und wollte nach Hause laufen und mich eine Stunde ausschlafen. Von den Deutschen war keiner zu sehen. So ging ich um etwa zwei Uhr nachmittags nach Hause. Es waren nur ein paar hundert Meter bis zu unserer Wohnung. Beim Einbiegen in unsere Gasse sah ich immer schon unser Haus. Doch heute sah ich etwas anderes: Vor unserem Haus, den Kopf durch die oben geöffnete Türe des Stalles unserer früheren Mitbewohnerin, Mecia, gesteckt, stand eine Kuh.

Schreiend lief ich auf das Tier zu. Ich wollte sie vertreiben, warum weiß ich gar nicht. Die Kuh erschrak, als sie mich schreiend und mit den Händen fuchtelnd auf sich zukommen sah. Nicht sehr schnell, sich noch einmal nach mir umdrehend, lief sie vor mir her. Aber nur ein Stück. Vor dem ehemaligen Gemischtwarenladen des Adam Mencel blieb sie stehen. Sie stand bloß und schaute die Türe des Hauses an. Nicht viel klüger aussehend stand ich vor unserem Haus und starrte auf die Kuh. Jetzt erkannte ich, ich hatte einen Blödsinn gemacht. Warum hatte ich denn dieses Tier, das zu uns wollte, vertrieben? Der Stall der Ziege war zwar klein, aber er war leer – und die Kuh wollte dort hinein. Doch ich Idiot habe sie vertrieben. Langsam aber sicher wurde mir klar, dass *eine* Kuh im Stall besser war als *keine* Ziege. So ging ich langsam, auf der anderen Straßenseite, in Richtung Kuh. Erst tat sie, als merkte sie nichts, doch dann begann sie gemütlich, genau in meinem Tempo, davon zu traben. Ich wurde schneller, die Kuh auch. Ich begann zu laufen. Sie ging gemütlich weiter, bis sie merkte, ich meinte es ernst. Da begann sie zu galoppieren. Da ich mit einer galoppierenden

Ganz rechts, der Kleinste, der Autor mit 7 Jahren am Landgut des Deutschen Hofmann, wo er ohne Lohn arbeiten musste.

Kuh nicht Schritt halten konnte, blieb ich stehen. Jetzt begann ich mit ihr freundschaftlich zu verkehren: Ich redete auf sie ein. Dem hörte sie ruhig stehend, aber „wortlos" zu. Ein paar Schritte ging ich weiter, dann redete ich wieder auf sie ein. Die Straße war leer, alle waren bei ihrer Arbeit. Wieder ein paar Schritte, dann wieder ein paar Worte. Die Kuh stand, machte sogar einen Schritt in Richtung meiner Straßenseite. Zuletzt waren es nur ein paar Meter, die mich von meiner Beute trennten. Ich machte ein paar schnelle Schritte, kein Torero hätte es besser gekonnt, die Kuh hatte mich unterschätzt, denn schon hatte ich sie bei den Hörnern gepackt. Jetzt hatte ich die Kuh unterschätzt. Sie schüttelte ihren Kopf und begann zu laufen. Ich pendelte von einer Seite auf die andere. Der Schleim aus dem Kuhmaul traf mich im Gesicht, doch ich gab nicht auf. Am Ende der Straße blieb sie stehen. Sie wirkte sanft, wahrscheinlich war sie erschöpft, denn sie sah der Kuh von gestern Abend ähnlich im Körperbau. Sie war aber eine braune, keine schwarz-weiße. Eine Seltenheit hier bei uns. Ich zog sie bei den Hörnern in die entgegengesetzte Richtung, hin zu unserem Haus. Die Kuh war stärker.

Sie rührte sich nicht, doch sie wehrte sich auch nicht. Jetzt wechselte ich vom Torero zum Cowboy. Mit einem Sprung war ich auf dem Rücken der Kuh. Mit den Fersen und einem Schenkeldruck versuchte ich sie, wie man das bei Pferden macht, umzudrehen. Und das Wunder geschah, die Kuh folgte und trabte, mit mir auf dem Rücken, in Richtung unseres Hauses. Nachbarskinder blickten erstaunt aus dem Fenster, als ich als eleganter Reiter eine Kuh durch unsere Straße dirigierte. Vor dem Stall blieb sie wie von selbst stehen. Ich sprang ab, öffnete die untere Türe und versuchte das Tier, das nun ganz ruhig war, in den Stall zu schieben. Das gelang selbstverständlich nur, da sie mitmachte. Langsam, immer wieder prüfend und sich umschauend, ging sie in den Stall. Schnell machte ich die beiden Türen zu. Viel Platz war da drinnen nicht, aber es war genug, dass sie sich auch hinlegen konnte.

Erschöpft und aufgeregt lief ich zur Mutter und erzählte ihr alles. Erst war sie entsetzt, denn woher war die Kuh? Vom Gutshof konnte sie nicht sein. Vielleicht war sie den flüchtenden Deutschen entkommen. Der Stallgeruch könnte sie angelockt haben, da sie dort Futter erwartete. Und etwas Heu war ja tatsächlich noch im Stall.

Mutter handelte schnell. Die Kuh musste entweder gemeldet werden oder wir würden sie schlachten. Mutter sagte: „Besser wir fressen sie, als die verdammten Deutschen tun das.“ Eine Kuh zu schlachten, das ging selbstverständlich über meine Kräfte, das war klar. Die war mehr als eine Nummer zu groß für mich Knirps, denn ich war eher unterdurchschnittlich groß für mein Alter. Auch hatten nicht nur die Nachbarskinder mich mit der Kuh gesehen, es gab also Zeugen, außerdem brauchten wir Helfer zum Schlachten und Zerteilen des, verglichen mit unserer Ziege, riesigen Tieres. Mutter organisierte die Helfer, Nachbarn und Mitwisser, die alle ihren Teil bekommen mussten. Am nächsten Morgen war die Kuh geschlachtet und zerteilt. Alle hatten ihre Anteile noch in der Dunkelheit in Sicherheit gebracht.

Am nächsten Morgen zeigte Mutter mir die großen Fleischstücke, die vorerst im Stall bei geöffneten Fenstern hängen konnten. Denn draußen herrschten Temperaturen wie heute in einer Tiefkühltruhe. Sie sagte, dass die Nachbarn mir, als ihrem Wohltäter, eine extragroße Portion Fleisch zugedacht und ihr zu ihrem tüchtigen Sohn gratuliert hätten.

In dem Moment überfiel mich ein Schmerz, der den ganzen Körper krampfartig erfasste. Plötzlich und für mich selbst unerwartet, begann ich zu schluchzen. Tief und aus dem Innersten kommend, kam dieser Gefühlsausbruch. Es war aber nicht wegen des Lobes oder der nun toten Kuh. Ich musste plötzlich an unsere Mecia denken, die ich sehr gerne gehabt hatte und die ich ohne Gewissensbisse getötet hatte, töten musste, um unsere Familie zu retten. Wäre mir die Kuh einen Tag früher über den Weg gelaufen, die Mecia könnte noch leben. Es packte mich ein richtiger Weinkrampf. Es schüttelte mich, mein ganzer Körper zuckte. Stoßweise entkamen mir Schreie, ohne dass ich das wollte. Ich konnte das auch nicht beherrschen, bis ich auf den Boden sank. Mutter nahm mich in die Arme, versuchte mich hochzuheben. Ich wusste von all dem nichts mehr. Da bemerkte sie, dass ich hohes Fieber hatte. Sie rief die Nachbarin um Hilfe. Beide brachten mich zu Bett. Da hatte ich Fieberphantasien und immer wieder Schüttelfrost, erzählte sie mir nachher. Die halbe Nacht brachte sie neben mir zu, bis ich endlich ruhig wurde. Am Morgen gelang es ihr ein Thermometer aufzutreiben. Das zeigte über 40°. Sie weckte mich, doch ich wurde nicht richtig wach. Sie wusste nicht, was sie tun sollte. Ärzte gab es für uns Polen nicht. Da fielen ihr die „Original Bayer Aspirintabletten" ein, die wir vor zwei Tagen bekommen hatten. Nach einer Tablette und einer Stunde konnte ich schon normal sprechen. Abends bekam ich eine weitere Tablette, und drei Tage danach war ich wieder gesund. Sicher hatte ich mich bei der anstrengenden Arbeit beim Ausnehmen und Zerteilen der Mecia verkühlt. Ich zog mich bis aufs Hemd aus bei der Arbeit, so schwitzte ich. Und im Stall hatte es sicher Minustemperaturen. Dann stand ich noch am Heiligen Abend, einige Zeit nur in Hemd und Hose, vor unserer Türe im eisigen Wind. Ich spürte da schon eine Schwäche, die ich bloß für Übermüdung hielt. Aber da war die Krankheit sicher schon in mir.

Dem fremden Deutschen, der uns die Tabletten hinterlassen hatte, und dem Schicksal – oder was auch immer es war – das mir die Kuh hat über den Weg laufen lassen, bin ich bis heute dankbar. Sonst wäre die Geschichte über diese seltsamen Weihnachten 1944 nie geschrieben worden.

Leon Balcerek, Roznówko, Polen, 2014

Heiliger Abend in Südmähren

Die Autorin lebte mit ihren Eltern, vier Schwestern und einem Bruder, zu Beginn der folgenden Erzählung in Wien am Alsergrund. Sie war damals 13 Jahre alt. Das jüngste Kind, ein Mädchen, war fünf. Ihr Vater war Rechtsanwalt. Seit der Annexion Österreichs 1938 durfte der seinen Beruf aus politischen Gründen nicht mehr ausüben. Er fand eine Anstellung bei einer Versicherungsgesellschaft. Bald nach Kriegsbeginn wurde er einberufen. Zum Glück nicht zur Wehrmacht, sondern zur Schutzpolizei. Er machte in Wien Dienst als Verkehrspolizist. Auch die Schutzpolizei war eine militärische Einheit. Sie unterstand ab 1936 wie SS, SD, Gestapo, Kriminalpolizei, Heinrich Himmler, dem mächtigsten Mann neben Hitler.

Der Vater einer Mitschülerin meiner Schwester, der meiner Erinnerung nach einen hohen militärischen Rang bekleidete, möglicherweise bei der SS war, hatte meiner Mutter schon Anfang 1943 geraten, mit uns Kindern Wien zu verlassen, da ab 1944 mit Fliegerangriffen auf die Stadt zu rechnen sei. Die Frage war jedoch wohin, und das nicht nur für uns. Es betraf zehntausende Frauen mit Kindern, doch nur wenige hatten eine Möglichkeit, zu Verwandten oder Freunden aufs Land zu ziehen.
Meine Mutter hatte Kontakt zu einer Schwester der „Englischen Fräulein", einem Orden in St. Pölten. Diese Schwester wiederum kannte einen Kaplan, der in seinem Pfarrhof auf dem Lande einer großen Familie Unterkunft gewähren wollte. Und eine große Familie waren wir: Meine Mutter mit sechs Kindern und unsere Haushaltshilfe, die Nadja, eine junge Weißrussin aus einem kleinen Dorf bei Smolensk. Mit ihren etwa 18 Jahren war sie eher selbst noch ein Kind, daher verstand sie sich gut mit uns – und wir mochten sie sehr. Sie war eine Ostarbeiterin, wie das die Nazis nannten. Sie war uns von der Polizei zugeteilt worden, denn mein Vater, der unregelmäßigen Dienst hatte, konnte sich kaum um uns kümmern. Je länger der Krieg dauerte, umso unregelmäßiger wurde sein Dienst und umso seltener sahen wir ihn. Oft kam er nur spät abends zum Schlafen nach Hause. Er begann jedoch Russisch zu lernen, damit er sich mit Nadja unterhalten konnte, wenn er nach Hause kam. Denn als sie zu uns kam, konnte sie kein Wort Deutsch. Nadja Hutorowa, so lautete ihr voller Name, hatte Glück, denn sie kam zu uns, einer christlichen Familie, bei der sie wie ein Familienmitglied und nicht wie eine Sklavin behandelt wurde. Meiner Mutter war sie ein große Hilfe

im Haushalt. Eine bezahlte Arbeitskraft hätten wir uns gar nicht leisten können, denn der Verdienst meines Vaters als Polizist im Straßendienst war sehr gering. Allerdings hatte er andere Vorteile wie etwa eine Lebensmittelkarte mit einer etwas höheren Zuteilung als der Normalverbraucher und er konnte in Sondergeschäften der Polizei einkaufen. Dort gab es lange Zeit, 1944 schon nicht mehr, Waren, die es im gewöhnlichen Handel nicht mehr gab.
Die Pfarre, bei der wir Aufnahme finden sollten, befand sich in Südmähren. Es war ein deutschsprachiges Gebiet und zu dieser Zeit Teil des Deutschen Reiches. (Bis 1918 Teil von Österreich-Ungarn) Es lag etwa zwischen Laa an der Thaya und Znaim, jedoch schon über dem Fluss Thaya, der heute die Grenze zwischen Österreich und Tschechien bildet. Der Ort hieß Groß Tajax, heute Dyjákovice in Tschechien.
Nachdem wir die Reise- und Übersiedlungserlaubnis erhalten hatten, fuhren wir Anfang 1944, den genauen Zeitpunkt weiß ich nicht mehr, vom Wiener Nordwestbahnhof in Richtung Laa an der Thaya. Nur das Nötigste, besonders Winterbekleidung, hatten wir in mehrere Koffer gepackt. Tagelang waren wir mit der Auswahl der Dinge beschäftigt, die uns wichtig schienen. Immer wieder wurde ausgepackt und umgepackt. Es waren aufregende Tage und schwere Entscheidungen, denn was wichtig sein konnte und was weniger wichtig, war schwer zu entscheiden. Aber irgendwann hatte Mutter die endgültige Entscheidung für jeden Einzelnen von uns getroffen, und es ging auf die Reise, die Reise ins unbekannte Abenteuer. Mutter und Nadja schleppten die schweren Koffer. Wir Größeren trugen schwer an den Rucksäcken, die auch vollgestopft waren.
Bei unserer Ankunft in Groß Tajax fiel uns in der Ortsmitte die große Kirche auf, die dem Heiligen Michael geweiht ist. Der Eingang zur Kirche war über einige Stufen zu erreichen, die von Säulen begrenzt waren. Links und rechts davon waren immergrüne Heckensträucher gepflanzt. Die Kirche war vom alten Friedhof umgeben, rechts daneben lag der schöne alte Pfarrhof.
Der Pfarrer hatte für uns dort drinnen zwei große Zimmer reserviert. Eines nützten wir zum Wohnen. Dort gab es einen großen Tisch, Sessel, eine Kochgelegenheit und einen Ofen, den wir hauptsächlich mit Holz heizten. Im anderen Zimmer waren Betten für uns alle vorbereitet worden. Wir waren immerhin acht Personen.

Der hochwürdige Herr empfing uns sehr freundlich. Auch zu uns Kindern war er liebenswürdig und wollte gleich alle unsere Namen wissen. Während unseres Aufenthaltes versorgte er uns stets hungrige Kinder immer zusätzlich mit Milch und Eiern aus seiner eigenen kleinen Landwirtschaft. Auch Brotrationen bekamen wir zusätzlich von ihm. Denn zum Essen gab es nur die immer kleiner werdenden Zuteilungen, die man nur mittels der amtlichen Lebensmittelmarken kaufen konnte, die jeder Bewohner – offiziell Volksgenosse genannt – erhielt. Und oft konnte man nicht einmal die aufgerufenen Mengen bei seinem Greißler bekommen, weil er sie einfach nicht hatte. Auch Nadja hatte eine Lebensmittelkarte, denn ohne diese hätten wir sie nicht verpflegen können. Vater ersparte sich immer etwas von seinen höheren Rationen auf seiner Karte und schickte uns diese per Postpaket in unser neues Zuhause. Wenn diese Pakete ankamen, war das für uns Kinder immer ein Freudentag und wir konnten es kaum erwarten, bis wir das Paket alle zusammen öffnen konnten.

Im Garten des Pfarrers gab es ab dem Sommer reichlich Obst. Da konnten wir essen soviel wir wollten. Bald fühlten wir uns dort auch gar nicht mehr fremd, eher wie in Ferien auf dem Lande. Wir zwei älteren Schwestern besuchten zuerst in Laa an der Thaya, später in Znaim die Oberschule. Die jüngeren Geschwister gingen in die Volks- bzw. die Hauptschule in Groß Tajax. Die Unterrichtssprache war Deutsch. Tschechen gab es in Groß Tajax nur wenige. 1944 hatte der Ort etwa 3.500 Einwohner. Kaum 50 waren Tschechen, die anderen Deutsche, eigentlich muss man sagen, Deutsch Sprechende, denn es waren Altösterreicher.[5] Übrigens stammte Robert Rebernigg, der berühmte Zirkusdirektor, aus dem Ort. Sein „Erster Österreichischer Nationalcircus“ in der Wiener Leopoldstadt wurde kurz vor Kriegsende durch Bomben zerstört.

Daran, ob wir 1944 einen Christbaum hatten, erinnere ich mich nicht mehr mit Sicherheit. Kaufen konnte man jedenfalls keinen. In der Kirche und beim Pfarrer gab es einen. Ich nehme an, wir hatten auch ein kleines Bäumchen. Wald gab es ja in der Umgebung, und unsere Mutter war immer in der Lage das aufzutreiben, was ihre Familie benötigte.

Den Heiligen Abend verbrachten wir als Familie in unserer Unterkunft, wie auch vorher in Wien, immer mit Gebeten und Singen. Mutter achtete sehr auf christliche

5 Sie sprachen die alte Waldviertler Mundart, einen bairischen Dialekt.

Erziehung, gelebte Traditionen und gute Manieren. Es gab kein besonderes Essen an diesem Abend und es gab keine Geschenke. Wir dachten an unseren Vater und beteten für ihn. Er konnte von Wien nicht weg. Ganz gewiss weiß ich, dass wir an diesem Abend den Rosenkranz beteten. Das taten wir während der letzten Kriegsmonate täglich. Es war ein Beten für den baldigen Frieden, den alle, wirklich alle ersehnten. Ganz besonders beteten wir für die Soldaten, irgendwo draußen in der Kälte und in Todesgefahr. Für die beteten wir immer besonders. Und Mutter legte besonderen Wert darauf, dass damit alle Soldaten gemeint waren, nicht nur die unseren. Gemeinsam, auch mit unseren Jüngsten, besuchten wir nachts die überfüllte Kirche. Dort feierten wir die Mitternachtsmette und Christi Geburt. Dieses Zusammensein war sehr feierlich und hat auch auf mich Eindruck hinterlassen. Ich bemerkte, dass Mutter Tränen in den Augen hatte. Auch Nadja weinte still vor sich hin. Heute denke ich, sie hat an ihre Mutter in der Ferne gedacht und an ihr Heim. Bis heute wissen wir nicht, ob sie je wieder dorthin zurückgekommen ist.
Vor dem Fest waren von einer Organisation der NSDAP blau gefärbte Kerzen verteilt worden. Gewöhnliche Kerzen zu kaufen war zu dieser Zeit schon sehr schwierig. Man bekam sie meist nur unter der Hand, wie man das nannte, also wenn man gute Bekannte hatte, die damit handelten oder sie gegen andere Dinge eintauschten. Gefärbte Kerzen jedoch waren sehr ungewöhnlich in dieser Zeit, deswegen erinnere ich mich besonders daran. Diese Kerzen sollten wir am Heiligen Abend anzünden und in die Fenster stellen, hat man uns aufgetragen. Damit sollte den Soldaten an der Front ein Licht aus der Heimat leuchten. Auch der Gefallenen sollte damit gedacht werden. Heute wundert mich das, wenn ich daran denke, denn es bestand ja Verpflichtung zur absoluten Verdunkelung aller Fenster. Das heißt, dass kein Licht aus den Fenstern auf die Straße scheinen durfte. Wie uns aufgetragen, haben wir die Kerzen am Abend zwischen den Fensterflügeln leuchten lassen. Und viele andere taten das auch. Damit kam doch noch etwas von der gewohnten Weihnachtsstimmung auf, denn als wir vor Mitternacht zur Kirche gingen, leuchtete es aus vielen Fenstern.
Auch am Weihnachtstag, dem 25. Dezember, gab es kein besonderes Essen. Wir waren froh, nicht hungern zu müssen, wie viele andere in dieser Zeit. Wie ich später erfuhr, waren besonders in Wien zu dieser Zeit der Hunger und die Armut groß. So wird es auch in anderen großen Städten gewesen sein. Wir hatten dadurch Glück, dass wir Mädchen immer von der älteren Schwester die Kleider

und Schuhe bekamen, wenn die zu klein wurden. So kamen wir als Großfamilie eigenartigerweise etwas leichter durch die schweren Kriegszeiten als etwa Einzelkinder. Denn irgendwann, allerdings nicht mehr Ende 1944, konnte Mutter immer noch ein paar Schuhe oder sogar Kleider oder auch Stoff auftreiben.
Im April 1945 rückte die Rote Armee immer näher. Wien war schon eingenommen, doch wir wussten nichts von Vater. Der Pfarrer hatte uns nur von schrecklichen Kämpfen in Wien erzählt, und dass die SS angeblich noch viele Menschen umgebracht hatte. Auch den Stephansdom hätten sie angezündet.[6] Nadja hatte schreckliche Angst vor den eigenen Soldaten. Sie hatte uns erzählt – sie konnte nun schon etwas Deutsch – ihr Vater wäre Bürgermeister einer kleinen Gemeinde gewesen. Als im September 1939 die Rote Armee in Ostpolen einmarschierte, wurden ihr Vater und ihr ältester Bruder von den Soldaten erschossen.
In der Pfarre in Groß Tajax waren als Hilfe für die Wirtschafterin des Pfarrhaushaltes (diese war die Schwester des Pfarrers) eine Ukrainerin und ein junger Pole beschäftigt. Mit diesen beiden hatte sich Nadja – bevor die ersten Russen kamen – in einem Stall hinter einer speziell dafür errichteten Mauer versteckt. Das hatte der Pfarrer veranlasst. Der war immer sehr gut informiert. Ich denke, der hörte ausländische Sender mit seinem großen Radio in einem Holzgehäuse. Das stand in der Sakristei.
Als dann die ersten sowjetischen Truppen weitergezogen waren, kamen die drei jungen Leute aus ihrem Versteck. Nadja und die beiden anderen wurden von den Sowjets schließlich in ihre Heimat zurückgebracht, sagte man uns später. Wir haben jedoch nie wieder etwas von ihr gehört.
Nach der Kapitulation kamen nach und nach Tschechen nach Groß Tajax und beschlagnahmten die Bauernhöfe der deutschsprachigen Bevölkerung. Die besiegten Deutschen mussten eine weiße Armbinde mit einem „N“ darauf tragen. Das N stand für Nemec, das bedeutet Deutscher. Mutter bestand darauf, dass wir Österreicher waren, und sie weigerte sich diese Armbinde anzulegen. Deshalb hatten wir ständig Probleme mit der tschechischen Polizei und den neuen Nachbarn um uns herum. Daher beschloss Mutter, raschest mit uns Kindern über die damals wieder errichtete und teilweise schon, wenn auch nur lax bewachte Staatsgrenze nach Österreich zu flüchten.

6 Hier irrt die Autorin: Der Brand des Domes war ein Zusammenspiel unglücklicher Umstände.

Eines Nachts brachte uns die Schwester des Pfarrers mit einem Pferdewagen, beladen mit unseren Habseligkeiten, auf einem Feldweg bis zur Thaya. Durch eine seichte Furt fuhren wir mit dem Wagen ans andere Ufer und kamen glücklich und froh wieder daheim zu sein in Österreich an. Die restlichen Stunden bis zum Morgen verbrachten wir im kleinen Ort Wulzeshofen in einem Bauernhof, wo wir schon erwartet worden waren.

Am nächsten Morgen ging es zu Fuß und mit einem alten hölzernen Handwagerl weiter. Es war ein anstrengender Fußmarsch, besonders für unsere Mutter, welche die Hauptlast zu tragen, besser zu ziehen, hatte. Nadja war ja nicht mehr bei uns, die Russen hatten sie schon vor unserer geheimen Abreise geholt. Wir Größeren halfen beim Schieben und Ziehen des kleinen voll bepackten Leiterwagerls mit, denn es ging oft bergauf. Die Kleinen saßen zeitweise, manchmal auch gemeinsam auf dem Wagen. Einmal ging ich vorne neben Mutter und zog am zweiten Griff der Lenkstange. Ich beobachte meine liebe Mutter, wie sie gebeugt und mit verzweifeltem Gesichtsausdruck und wohl auch mit letzter Kraft den Wagen zog. Ich legte mich mit ganzer Kraft hinein, doch die reichte nicht aus, um Mutter wirklich zu entlasten. Ich war noch ein Kind, zart gebaut und, wie wir alle, unterernährt und schwach. Auch die Erlebnisse der letzten Tage, schon die Vorbereitung auf die Flucht und die Angst erwischt zu werden, hatten uns zugesetzt. Denn hätte man uns erwischt, wären wir in einem Gefängnis gelandet, vielleicht sogar von der Mutter getrennt worden. Das habe ich erst später, als Erwachsene, erfahren. Die Tschechen waren da nicht zimperlich. Der Hass auf die Deutschen war groß und grenzenlos. Was nicht verwunderlich ist, wenn man weiß, was dieser Nation von den Hitlerinvasoren angetan worden war. Auf diese Weise gingen viele Kinder verloren. Und so manche haben ihre Eltern nie wieder gefunden.

Die nächste Nacht verbrachten wir in einer Scheune im Heu. Am Tag war es warm, aber die Nächte waren kühl. Und was für uns Kinder erst recht romantisch begonnen hatte, war dann doch nicht so lustig, als wir am nächsten Morgen steifgefroren aufwachten. Wir hatten dort keine Möglichkeit, uns Wasser für einen Tee zu kochen. Wir

N für Nemec = Deutscher. Solche Armbinden mussten Deutsche in der Tschechoslowakei nach Kriegsende tragen.

hatten noch etwas Brot und eine Fleischkonserve, die aber mehr Rinderfett als Fleisch enthielt und grauslich schmeckte. Es gab natürlich auch keine Möglichkeit sich zu waschen. So zogen wir schmutzig und gleich müde wie am Vortag weiter. Unsere Haare waren vom Heu verfilzt, obwohl Mutter versuchte, uns alle zu kämmen. Erst an einem kleinen Bach machten wir Katzenwäsche, dann ging es wieder weiter.

An diesem Tag übernachteten wir in einem verlassenen Haus mit zerschossenen oder zersprungenen Scheiben, zusammengedrückt in einer Zimmerecke, immer in Angst vor den Russen. Mutter fand kaum Schlaf, sie horchte in die Nacht hinein, ob sich nicht jemand dem Haus näherte. Gott sei Dank kam niemand. Dort gab es Betten noch mit dem Bettzeug der Eigentümer. Mutter nahm das weg und legte unsere eigenen Decken darauf. Wir zogen unsere Mäntel an und schliefen, zusammengedrängt in den Betten und auf einer Sitzbank. Am nächsten Morgen zogen wir weiter. Gegen Ende des Tages waren wir an unserem Ziel, bei unseren Großeltern in Harmannsdorf. Das ist ein kleiner Ort im Weinviertel, nördlich von Korneuburg bei Wien. Dort konnten wir uns wieder waschen und frische Wäsche anziehen. Und wir bekamen eine Gemüsesuppe, an die ich mich bis heute erinnere.

Die Schwester des Pfarrers war mit dem Pferdewagen vorerst einmal unbehelligt nach Tajax zurückgekehrt. Später, hat sie uns berichtet, seien ihr von den Tschechen als Strafe für den illegalen Grenzübertritt die Pferde weggenommen worden. Jemand hatte sie beobachtet, wie sie uns über die Thaya brachte und das verraten. Wobei sie noch Glück hatte mit dieser Art von Strafe. Deutsch Sprechende wurden meist auch wegen geringer Vergehen damals ins Gefängnis geworfen oder auch geschlagen.

Elisabeth B., Wien, im Juli 2012

Ein Engel und zwei dunkelgraue Männer

Die Autorin lebte von 1919 bis 2013 in Posen (Poznań) in Polen. Sie war das jüngste von fünf Geschwistern. Im Jahr 1944 arbeitete sie im Büro der traditionsreichen Schokoladenfabrik Goplana. Diese war im Oktober 1939 unter deutsche Verwaltung gestellt worden. Die Geschichte hat sie auf Polnisch erzählt, obwohl sie sehr gut Deutsch sprach. Diese wurde auf Film dokumentiert. Der folgende Text ist eine deutsche Übersetzung der Erzählung. Der Originaltext wurde gekürzt.

Der Herausgeber

Der 23. Dezember 1944 war ein gewöhnlicher Arbeitstag. Am Nachhauseweg vom Büro ging ich noch am Markt vorbei und versuchte etwas einzukaufen. Es war später Nachmittag, und es gab kaum mehr etwas, also noch weniger als sonst. Nur einige Bäuerinnen boten noch verstohlen eigene Waren an. Dies war Polen verboten.

Ich wohnte damals in der Magdeburgerstraße, heute ulica Dąbrowskiego. Mein Mann arbeitete in der Drogerie, die bis 1939 seine eigene gewesen war. Die Nazis hatten ihm diese nach der Annexion weggenommen. Der neue Besitzer, ein Reichsdeutscher, bekam die Drogerie zur Verwaltung übertragen. Er hatte keine Ahnung von den zu verkaufenden Artikeln, noch wusste er, wo er Ware günstig einkaufen konnte oder gar, wie das in dieser Zeit üblich war, wie man Drogerieprodukte erzeugen konnte. So engagierte er meinen Mann als Angestellten. Der war gelernter Drogist. Die Kunden kannten ihn und seine guten Produkte, womit er unentbehrlich für den neuen Besitzer war.

Wir waren damals knapp ein Jahr verheiratet, obwohl wir schon länger miteinander gingen, wie man das so nannte. Für Polen im Warthegau war eine staatliche Heiratserlaubnis nötig, die Männer erst ab 30 und Frauen ab 25 Jahren von den deutschen Behörden bekamen. Da mein Mann mit seinem Geschäft vor dem Krieg gut verdient hatte, konnte er sich eine schöne Wohnung leisten. Auch diese wurde ihm von den deutschen Besatzern genommen. Nun wohnten wir in einer kleinen Wohnung. Aber auch jetzt verdiente mein Mann, im Gegensatz zu den meisten unserer Landsleute, gut. Sein Gehalt in der Drogerie war nicht hoch, doch er machte wie früher Geschäfte mit wohlhabenden Leuten, hauptsächlich mit Deutschen, da er etwa Toiletteseife produzierte – die gab es im Handel schon lange nicht mehr,

nur die graue schlecht duftende Einheitsseife. Auch Kerzen, ein Luxusartikel, und auch einfache Medikamente stellte er her. Diese Produkte waren seit Kriegsbeginn Mangelwaren und daher, im wahrsten Sinne des Wortes, Gold wert. Daran verdiente auch sein neuer Chef, womit er umso unentbehrlicher für diesen wurde.
Ich ging wie immer mit schnellen Schritten die Magdeburgerstraße entlang, auf der nur ganz wenige Menschen unterwegs waren. Es war düster, die Atmosphäre war Angst einflößend, denn es gab keine Straßenbeleuchtung und manche Häuser waren durch Bomben zu Ruinen geworden. Sogar die wenigen Straßenbahnen fuhren mit abgedunkelten Lampen. Das war wegen der Verdunkelungspflicht. Feindliche Flugzeuge sollten sich dadurch nicht orientieren können. Denn Posen wurde damals oft und stark, ich glaube von englischen Flugzeugen bombardiert. Ich erschrak sehr und zuckte zusammen, als mir plötzlich von hinten jemand leicht auf die Schulter tippte und eine männliche Stimme auf Polnisch etwa das Folgende sagte: „*Dreh dich nicht um und geh langsam weiter. Ich bin dein Freund und möchte dir helfen. Horch genau, was ich sagen werde, denn es ist für dich und deinen Mann lebenswichtig. Geh jetzt nicht nach Hause, denn dort wartet die Gestapo vor der Türe. Ruf deinen Mann im Geschäft an, er soll auf keinen Fall mehr heute nach Hause kommen, man würde ihn sofort festnehmen. Teofil ist schon verhaftet, er wird eben verhört und geschlagen. Er hat ausgesagt, dass dein Mann ihm Gold verkauft hätte und dass ihr zu Hause Schinken und Wurst hortet. Mach unbedingt, was ich dir gesagt habe, und geh erst in zwei, drei Stunden nach Hause.*“
Noch bevor ich diese Stimme gehört hatte, waren keine Schritte hinter mir zu hören gewesen. Auch in diesem Moment hörte ich keine. Erklären kann ich es mir nicht, doch es mag die Erregung gewesen sein, die mich erfasst hatte. Niemand ging vor mir oder kam mir entgegen, während ich diese Worte hörte. Auch jetzt, nachdem die Stimme verstummt war, hörte ich nicht und spürte auch nicht, dass jemand hinter mir ging. So etwas bemerkt man doch normalerweise. Als ich den Kopf etwas zur Seite drehte, konnte ich niemand sehen oder gar Schritte hören. Ich ging jetzt noch etwas langsamer und drehte meinen Kopf nach hinten. Weit und breit war niemand. Kein Mensch. Es gab auch keine Gasse, in die der Geheimnisvolle hätte abbiegen können. Außer der Stimme, die ich nicht kannte, hatte ich nichts gehört. Selbst das Antippen auf der Schulter war kaum bemerkbar gewesen, so als hätte nur jemand vorsichtig den Mantel berührt, so spürte ich das, ohne dass er mich mit dieser Berührung erschrecken wollte.

Mir war ganz eigenartig zumute. Ich war angespannt. Jetzt wurde Angst daraus. Dieses Gefühl in mir wurde immer besitzergreifender. Wer war das? Wieso kannte der mich und wusste, dass ich hier nach Hause gehen würde? Ich wusste nicht, was ich tun sollte. Kein klarer Gedanke wollte mir kommen. Langsam, doch immer stärker werdend, je weiter ich ganz gegen meine Gewohnheit dahin schlenderte, zeigten die Worte des unsichtbar Gebliebenen, aber auch die ungewöhnliche Situation, wie das alles geschehen war, Wirkung. Ich überquerte nun die breite Straße und ging zum anderen Gehsteig hinüber. Die nächste Quergasse ging ich nach unten in Richtung der Drogerie, in der mein Mann beschäftigt war. Die war nur einige Gehminuten entfernt.
In einem Lebensmittelgeschäft gab es Telefon, und man ließ mich telefonieren, gegen Bezahlung natürlich. Das war durchaus üblich in diesen Zeiten. Denn Polen durften kein Telefon besitzen. Ich rief im Geschäft meines Mannes an und sagte zu ihm: „Geh auf keinen Fall weg, ich komme in einigen Minuten vorbei. Ich warte auf Dich vor dem Geschäft.“
Teofil, der angeblich verhaftet war, war der Schwager meines Mannes, der Mann seiner jüngeren Schwester. Es war daher denkbar, dass die Angaben, die der Unbekannte mir gemacht hatte, stimmten. Denn Teofil machte Geschäfte mit meinem Mann. Und Held war er keiner. Die Gestapo hatte, wie bekannt, reichlich Methoden einen, der in ihrer Gewalt war, zum Reden zu bringen. Ich erklärte meinem Mann alles, was ich eben erlebt hatte. Er konnte das alles nicht verstehen und kaum glauben. Wer warnte uns da? Konnte das einer seiner Kunden sein, der Kontakt zur Gestapo hatte? Oder war er selbst Gestapobeamter, ohne sich je zu erkennen zu geben? Ich verstand die ganze Situation in Wirklichkeit auch nicht. Aber ich wusste, es war so geschehen. Egal wer das war, er hatte uns seinen Schutz gewährt. Lange wollte ich vor dem Geschäft nicht zubringen, ich fürchtete beobachtet zu werden. Mein Mann versprach, zu meinem Bruder zu gehen und dort die Nacht bis zum Sonntag, das war Wigilia, der Abend vor dem Weihnachtsfest, zu verbringen. Ich selbst entschloss mich erst einmal zu meiner Schwester zu gehen. Auch sie konnte nicht glauben, was ich ihr über mein Erlebnis erzählte. Aber zuletzt sagte sie: „Dann war es eben dein Schutzengel.“
Sie meinte, ich solle die Nacht bei ihr verbringen. Das wollte ich nicht, denn mein Mann hatte tatsächlich Gold in kleinen Barren von 100 Gramm und einige goldene zwanzig Dollar Münzen hinter einer Kommode versteckt. Besitz von

Gold war Polen verboten. Der wurde streng, auch mit dem Tode bestraft. Doch mein Mann hatte alle Ersparnisse, schon vor der Okkupation, in Gold angelegt. Aber auch jetzt tauschte er Produkte gegen Gold. Er sagte, dass der Krieg nicht mehr lange dauern werde, und die Deutschen bald weg sein würden aus unserer Heimat. Dann aber wäre Geld nichts mehr wert.
Das war aber noch nicht alles. Das Gold war zumindest in einem, wenn auch nicht sehr sicheren, Versteck. Frei in der Küche hingen aber ein ganzer geräucherter Schinken und einige Würste. Das waren, selbst für Deutsche, damals unerschwingliche und im Handel nicht erhältliche Kostbarkeiten. Doch mein Mann hatte sie bei einem Geschäft mit Deutschen erworben. Für den 25. Dezember hatten wir geplant, meine Geschwister und am 26. die Geschwister meines Mannes zu einem, für damalige Zeiten, ungewöhnlichen Weihnachtsmahl einzuladen. Alle sollten sich einmal nicht nur richtig satt essen können, sondern wieder einmal ein Festmahl, wie wir es vor 1939 geben konnten, erleben. Das musste nun sicher entfallen. Aber noch wichtiger war, diese sichtbaren Beweisstücke verschwinden zu lassen. Die Worte des Unsichtbaren in Erinnerung, dass ich nach zwei, drei Stunden nach Hause gehen sollte, verabschiedete ich mich von meiner Schwester Katarzyna und ging mit einem ganz schlechten Gefühl und schweren Beinen nach Hause. Wie ich die knarrenden Holztreppen, etwas schwerfällig und langsam, zu unserer Wohnung hoch ging, wurden die Beine immer schwerer und mein Verstand setzte aus. Ich war schwanger und mir wurde übel und schwindlig. Ich fürchtete, ich könnte ohnmächtig werden. Das war mir in der Schwangerschaft bei einer größeren Aufregung schon passiert. Es war die Furcht, die Gestapo könnte auf mich warten. Doch niemand stand vor meiner Wohnungstür. Das war die erste Erleichterung.
In der Wohnung legte ich den Mantel ab und stellte die Tasche auf den Küchentisch. Dann ging ich rasch zur Hausmeisterin ins Parterre, um den Schlüssel für den Dachboden zu holen. Mit der Ausrede, dass ich noch schnell ein paar Wäschestücke zum Trocknen aufhängen wolle, erhielt ich den Schlüssel. Ausrede und Bitte waren nötig, denn die Hausmeisterin war misstrauisch. Aber vor allem wusste man in der Zeit nie, ob nicht jemand Denunziant war. Und ganz besonders dazu geeignet waren eben die Hausmeister, die über alle Bewohner eines Hauses das Meiste wussten. Oben in der Wohnung nahm ich den schweren Schinken und die Würste, packte alles in den Wäschekorb, legte erst eine Decke und dann einige Leintücher darüber. Damit ging ich auf den Dachboden.

Keuchend aber froh, dass mich bisher niemand vom Haus gesehen hatte, kam ich oben an. Schinken und Würste legte ich eingewickelt in die graue Decke in ein altes, seit Jahren unbenutztes Regal in einer dunklen Ecke. Ich hoffte, dass die Mäuse mein Depot nicht finden würden. Noch mehr hoffte ich, dass bei einer allfälligen Durchsuchung es die Gestapo nicht finden würde.
Wieder in der Wohnung angekommen, war zwar der Schinken nicht mehr da, doch sein Geruch schon. Und der verriet seine bisherige Anwesenheit. Ich machte Feuer im Ofen und öffnete alle Fenster, wobei ich die Petroleumlampe vorher gelöscht hatte. Rasch wurde es sehr kalt im Raum, und der Geruch des gelöschten Dochts der Lampe überlagerte den Geruch des Schinkens. Ich schloss die Fenster, setzte mich zum Ofen, in meinen dicken und langen Schlafrock gehüllt. Endlich konnte ich mich aufwärmen und spürte auch, wie ich von Minute zu Minute ruhiger wurde. So ruhig war ich geworden, dass ich in dem großen, schon völlig abgenutzten, aber bequemen Fauteuil, in dem ich beinahe verschwand, einschlief. Als ich wach wurde, war das Feuer ausgegangen. Ich legte mich, noch immer im wärmenden Schlafrock, ins Bett. Geweckt wurde ich kurz nach sechs Uhr früh äußerst unsanft durch Tritte an die Türe und die Rufe: Polizei! Aufmachen!
Verwirrt sprang ich aus dem Bett. Der erste Gedanke war: Das Gold. Gestern Abend hatte ich vergessen, ein besseres Versteck für das Gold zu suchen. Jetzt war es zu spät. In meiner Verzweiflung durchzuckte mich der Gedanke: „Wenn Du mein Schutzengel bist, sag mir, was ich mit dem Gold machen soll.“
Ohne noch weiter überlegen zu können, lief ich, wie getrieben, auf das Versteck zu, nahm den kleinen Leinenbeutel und steckte ihn in die Tasche des Schlafrocks. Es war keine sehr große Menge, aber der Beutel war schwer, er zog die eine Seite des Schlafrocks nach unten. In der Küche nahm ich mit einem Griff eine Handvoll Watte und stopfte sie in die Tasche mit dem Gold. Etwas von der Watte war sichtbar geblieben. Das wie auch den Beutel mit dem Gold im Schlafrock zu verstecken, war eine automatische Handlung, ohne dass ich darüber vorher nachgedacht habe. Aber die aus der Tasche hängende Watte lenkte später den Blick der Polizisten darauf. Auf die Idee, dass darunter Wertvolleres sein könnte, kamen die Beiden dann gar nicht.
Wieder wurde geklopft und geschrien: „Aufmachen!“
Ich sagte auf Deutsch, dass ich schon komme, aber schwanger sei und nicht so schnell laufen könne. Dabei fiel mir auf, dass es in der Küche noch immer nach

dem Schinken roch. Aber zum Denken oder gar für eine Handlung blieb keine Zeit. Ich öffnete die Türe.
Zwei Männer in dunkelgrauen Ledermänteln standen davor. Einer hatte eine brennende Zigarette im Mund. Er schaute mich an, von Kopf bis Fuß, und ich dachte, der schaut auf die Tasche mit dem Gold. Vielleicht tat er das. Er bemerkte erst die Watte und dann meinen Bauch und sagte, indem beide in die Wohnung kamen, eigentlich gar nicht unfreundlich, dass man von mir nichts wolle. Man wolle wissen, wo mein Mann sei. Ich sagte ihm, dass der heute nicht nach Hause gekommen sei, und ich Angst um ihn hätte. Er meinte darauf, dass ich Angst um ihn haben müsste, wenn das richtig wäre, worüber sie Informationen hätten, nämlich, dass wir Gold versteckt hätten.
Mit meiner Hand zeigte ich über das Zimmer hinter der Küche und sagte, dass er sich überall umsehen könne. Wir wären arme Leute, wir hätten kein Gold. Ich habe nicht einmal einen goldenen Ehering. Und ich zeigte ihm meine Hand mit dem Ring aus Neusilber.
Beide schauten sich um, sahen das alte Mobiliar, dann sagte der Andere, mein Mann solle sich, wenn er nach Hause käme, sofort bei ihnen in der Gestapozentrale, in der Ritterstraße (heute ulica Ratajczaka) in einem bestimmten Zimmer melden. Dann sagte er noch, dass, wenn er unschuldig sei, er sofort wieder nach Hause gehen könne. (Kein Mensch glaubte der Gestapo solche Zusagen.) Er gab mir einen Zettel, das war eine Vorladung auf den Namen meines Mannes. Jovial wünschte er danach: „Fröhliche Weihachten!"
Kaum waren die draußen, hörte ich ihre lauten Schritte auf der Holztreppe. Das war, wenn auch nur einen Moment lang, die zweite Erleichterung. Ich sperrte die Türe ab. Schon bei den ersten Schritten zur Küche roch ich nicht nur den abwesenden Schinken, sondern auch den mir unangenehmen Zigarettenrauch. Dann war es mit meiner äußeren Ruhe und meiner Kraft vorbei. Mir wurde übel. Von allem zusammen. Ich konnte mich nicht mehr auf den Beinen halten. Vor dem Abwasserkübel in der Küche sank ich auf die Knie und musste mich übergeben. Ein Weinkrampf schüttelte mich, und wie gezwungen presste ich meine Hand auf die Tasche, in der das Gold war.
Ich nehme an, die beiden Polizisten hatten den Schinkengeruch in der Wohnung überhaupt nicht bemerkt. Nicht nur der Rauch der Zigarette war daran beteiligt, auch der Umstand, dass Raucher fast immer einen schlechten Geruchssinn haben, war mit Rettung vor dem Entdecktwerden der verbotenen Vorräte.

Etwas gedämpft feierten wir Weihnachten jeweils bei anderen Geschwistern. Den versteckten Proviant brachte ich in kleinen Mengen zu den jeweiligen Wohnungen. Mein Mann ging nicht zur Gestapo, war aber weiter im Geschäft tätig. Ab 27. Dezember übernachtete er wieder zu Hause.

Bereits ab Anfang Jänner 1945 begann die intensive und allgemeine Flucht der Deutschen aus Posen. Obwohl Gauleiter Greiser das verboten hatte. Als er am 18. Januar die Erlaubnis zur Räumung Posens gab, waren kaum mehr deutsche Zivilisten in der Stadt. Er floh kurz darauf. Die Amerikaner verhafteten ihn und übergaben ihn den polnischen Behörden. Er wurde in einer schändlichen öffentlichen Veranstaltung, die wie ein Volksfest vorbereitet worden war, in der Stadt gehängt. In Autobussen wurden aus vielen Teilen des Landes selbst Schulklassen dorthin gebracht. Wir und unsere ganze Familie schämten uns für diese Art Rache zu nehmen, egal was dieser Mensch unseren Landsleuten angetan hatte. Es war ein Tag der Schande für das polnische Volk.

Auch der Chef meines Mannes hatte einen Teil seines erstohlenen Eigentums mit Hilfe meines Mannes ins Reich versandt. Seine Frau mit den Kindern folgte bald. Auch er konnte noch fliehen. Zum Abschied sagte er, dass er bald wieder zurückkommen werde, wir sollten „seine" Drogerie anständig weiterführen – sozusagen bis zum Endsieg. Wobei er dieses Wort nicht gebrauchte, aber möglicherweise so dachte. Und so wie er dachten viele der Deutschen. Die Russen standen unmittelbar vor ihren Grenzen und die glaubten, den Spieß noch umdrehen zu können. Wir haben nie wieder etwas von ihm gehört. Auch die Gestapo meldete sich nie wieder bei uns. Im Spaß sagte ich manchmal dazu: „Bis heute nicht!" Denn ich habe diese Geschichte schon oft erzählen müssen. Und die Meisten fanden sie ebenso seltsam und unerklärlich, wie ich selbst.

Der mir für immer unbekannte Retter in großer Gefahr, den meine Schwester einen Schutzengel nannte, blieb mir ein solcher mein ganzes Leben lang. Ich bin überzeugt, immer dann, wenn ich ihn um Hilfe bat, stand er mir mit Rat – und oft auch mit Taten – bei. Gleichgültig, wer oder was es wirklich war, er *war* ein Schutzengel. Ohne ihn würden weder ich noch unsere Tochter heute leben. Keine andere Weihnacht als diese ereignisreiche von 1944, der letzten dieses schrecklichen Krieges und während der Naziherrschaft in Polen, ist für mich so unvergesslich.

Ewa Maria Buda, Poznań, 2004

Verdunkelte Weihnachten

Die Autorin Hedwig Öhler war kurz vor diesen Weihnachten 14 Jahre alt geworden. Mit ihren Eltern und ihrem jüngeren Bruder lebte sie im 21. Wiener Bezirk. Sie ist Autorin einiger zeitgeschichtlich interessanter Berichte. Sie hat auch das Gefängnistagebuch des Priesters und Widerstandskämpfers Johann Ruggenthaler bewahrt. Dieses wurde zur Grundlage des Buches ***„Brennen, um ein Licht zu entzünden"***.[7] Dafür wurde sie mit dem Verdienstkreuz der Republik Österreich in Silber ausgezeichnet. Am 14. April 1945 wurde sie in Hagenbrunn von einer Granate lebensgefährlich verletzt. Dass sie diese Verletzungen überlebt hat, erscheint dem Leser ihrer Lebenserinnerungen schier unglaublich. Die Geschichte ihrer Kriegsverletzung und ihren Überlebenskampf schildert sie in einem Filminterview[8], teilweise am Ort des Geschehens in jenem Keller, in dem sie drei Tage ohne medizinische Hilfe, ohne Essen und Wasser blutend lag. Die Autorin lebt heute in Wien.

Der Herausgeber

Diese letzten Kriegsweihnachten waren wohl die düstersten und traurigsten meines ganzen Lebens. Es ist mir von diesem Tag keine Erinnerung an etwas Lichtvolles, Feierliches oder gar an einen Heiligen Abend mit Bescherung geblieben. Es gab auch keinen Kirchenbesuch während der beiden Weihnachtsfeiertage, und eine Christmette wurde an diesem Tag sicher nicht gefeiert.

Es herrschte strengste Verdunkelungspflicht unter Androhung hoher Strafen bei Verstoß dagegen. Wegen der feindlichen Flugzeuge durfte kein Lichtstrahl aus Häusern nach außen dringen, damit die Flieger sich nicht orientieren konnten. Als ob diese das Licht unserer Petroleumlampe zur Orientierung gebraucht hätten. Die hatten andere technische Möglichkeiten. Mir bekannt sind die sogenannten Christbäume, die sie vor dem Angriff abwarfen. Das waren brennende Leuchtkörper aus Phosphor, so sagte mein Vater, die spezielle Flugzeuge, die vor den Bombenflugzeugen kamen und in großer Höhe flogen, über den kriegswichtigen Objekten abwarfen. Die dienten den Bombern als Ziel. Doch die zielten nicht so genau. Wenn man sich die Schäden nach einer Bombennacht ansah,

7 Vogel Verlag, Bisamberg, 2009. Autoren: Hedwig Öhler, Herbert-Ernst Neusiedler, Johann Ruggenthaler (†).

8 VOLLTREFFER. Der Schicksalstag der Hedwig Klement, Herbert-Ernst Neusiedler, Wien, 2010.

konnte man leicht erkennen, dass die Bomben einfach abgeworfen wurden, einfach um sie loszuwerden.
Es gab ja im Handel – allerdings 1944 nicht mehr – spezielle Verdunkelungsrollos aus schwarzem Papier zu kaufen. Doch die brauchten wir nicht. In unserem Haus gab es zu diesem Zeitpunkt keinen elektrischen Strom. Auch Kerzen hatten wir keine, die wir an diesem Abend anzünden hätten können. Zur Beleuchtung dienten uns Petroleumlampen, die wenig Licht spendeten, aber schlechten Geruch verbreiteten. Und selbst die konnten wir nur selten anzünden, da es immer schwieriger wurde Petroleum zu kaufen.
Unsere Lebenssituation zu dieser Zeit war wie eine Gratwanderung zwischen Leben und Tod. Floridsdorf, wo ich mit meinen Eltern, meiner Großmutter und meinem damals 8-jährigen Bruder lebte, wurde, da ein Industriegebiet, seit Sommer 1944 immer wieder schwer bombardiert. Am 5. November 1944 wurde unser Haus durch eine in unmittelbarer Nähe einschlagende Bombe so beschädigt, dass es Risse in den Wänden gab und stellenweise der Verputz von den Wänden fiel. Auch das Dach hatte einen schweren Schaden erlitten, und alle Fensterscheiben des Hauses waren zerbrochen. Mein Vater, der in einem Betrieb in Floridsdorf arbeitete, war Spezialist. So wurde er zum Militär nicht eingezogen. Erst im April 1945 musste er zum Volkssturm.
Dieser Winter war sehr kalt, doch wir hatten keine Kohle um zu heizen. Das Wenige an Brennmaterial, das wir hatten, Zweige und Abfälle, wurde verwendet, um ein Feuer im Herd zum Kochen zu machen. Zum Heizen reichte es nicht. Aus dem Trockengemüse, von dem wir einen kleinen Vorrat hatten, wurde eine Wassersuppe gekocht. Dazu gab es ein Stück Brot. Fleisch und Eier waren schon lange nicht mehr zu kaufen. Als freudige Überraschung gab es manchmal einige gekochte Erdäpfel. Mutters Sorge war nicht, was sie für uns zum essen auf den Tisch bringen konnte, sondern ob sie am nächsten Tag überhaupt etwas zum essen für uns haben würde.
An das „Weihnachtsfestmahl“ des Heiligen Abends 1944 erinnere ich mich im Detail nicht, doch es wird ähnlich gewesen sein, wie ich es eben beschrieben habe. Denn das Essen in diesen Tagen ähnelte immer dem des Vortages. An den „Christbaum“ in diesem Jahr erinnere ich mich jedoch noch genau. Echte Fichten- oder gar Tannenbäume gab es in Wien nicht mehr zu kaufen. Doch meiner guten Mutter gelang es, einige Tage vor Weihnachten einen künstlichen Christ-

baum zu ergattern. Ja, auch das gab es. So wie es Kunsthonig – manchmal – gab und Kunstkaffee, sogenannten Kaffeeersatz, gab es auch Christbäume, die Weihnachtsbäume hießen, aber eigentlich nur Lichterbaum genannt werden sollten, als Nachbildungen aus Pappe, Draht und Papier.
Der unsere stand auf Großmutters Schubladenkasterl, und bei seinem Anblick war mir zum Heulen zumute. Sein Skelett bestand aus Draht. Dieses war, was den Stamm betrifft, mit braunem Papier umwickelt. Die Äste wiederum waren mit am Ende zerfranstem grünem Krepppapier versehen. Die Äste konnte man, ähnlich wie bei einem Regenschirm, hochklappen. Nach Verwendung konnte der „Baum" platzsparend aufbewahrt und auch noch in späteren Jahren, jedenfalls bis zum vorausgesagten Endsieg, verwendet werden. Etwas Lametta und ein wenig Schmuck waren noch vorhanden. Damit sah er dann einem Christbaum etwas ähnlich. Leider fehlten die Kerzen. Vielleicht habe ich dadurch diesen Heiligen Abend als dunkles Geschehen in Erinnerung.
Mehr kann ich über den Heiligen Abend, den Christtag oder den Stephanitag des Jahres 1944 nicht berichten. Umso deutlicher habe ich die letzte Unterrichtsstunde des letzten Schultages vor diesem Weihnachtsfest in Erinnerung. Es sollte die letzte Unterrichtsstunde in diesem Schulgebäude und die letzte dieses Schuljahres (4. Klasse Hauptschule) überhaupt sein. Denn bei einem der nächsten Bombenangriffe, während der Weihnachtsferien, erhielt die Schule einen Volltreffer und wurde vollkommen zerstört. In diesem Schuljahr fand dort kein Unterricht mehr statt.
Die Frau Direktor, eine überzeugte Nationalsozialistin und Wichtigmacherin, hielt uns 14-jährigen Schülerinnen einen Vortrag über Weihnachten. Sie erklärte uns, dass das christliche Weihnachtsfest längst überholt sei und dass die Germanen – dazu gehörten auch wir Österreicher – nun das Julfest, das Fest der Wintersonnenwende, feiern. In mir regte sich Widerstand, denn obwohl mein Vater Mitglied der NSDAP, der Nazipartei, war, wuchs ich, durch meine gute Mutter und meine liebe Großmutter, in einer christlichen Atmosphäre auf. Ich spürte durch die Worte der Direktorin, dass das Christentum schlecht gemacht werden sollte und fragte mich: *Warum feiern sie, die Germanen, dann ihr Weihnachtsfest nicht schon am 21. Dezember? Das ist doch der Tag der Wintersonnenwende.* Das zu fragen hatte ich aber nicht den Mut.
Sie sprach auch davon, dass es uns, dank unseres Führers Fürsorge für sein Volk, heute immer noch besser gehe als den Menschen im Ersten Weltkrieg. Sie, die

Direktorin, hätte damals jedenfalls noch viel mehr Hunger gelitten, als wir das heute müssten. Ich dachte mir: *Lässt sich denn der Hunger in dieser Periode, in der wir leben, noch steigern…?*

Abschließend gebot sie uns, am 24. Dezember ganz fest an unseren Führer Adolf Hitler zu denken und an die vielen und großen Sorgen, die er, um des deutschen Volkes willen, zu tragen habe. Denn, wenn wir alle vereint an ihn denken, werde die Last, die auf seinen Schultern ruht, gewiss etwas leichter werden. Ich weiß ja nicht, wie viele dem lieben Führer mit ihren Gedanken beigestanden sind und ob das seine Last, die er sich aufgebürdet hatte, erleichtert hatte. Ich dachte sicher nicht an ihn an diesem Abend. Manchmal jedoch – dieser Führer lebte nicht mehr, war für uns gefallen, wie man uns erzählte – in den Monaten, als ich, ohne Hoffnung auf Überleben und ohne medizinische Hilfe, weil es keine gab, nach dem Krieg im Spital lag. Am 14. April 1945 hatte meinen Bruder und mich eine in unmittelbarer Nähe einschlagende Granate lebensgefährlich verletzt. Da dachte ich oft daran, warum es diesen Krieg überhaupt gegeben habe. Damals konnte ich mir diese Frage aber nicht beantworten. Eigentlich weiß ich es heute auch noch nicht sicher.

An ein Geschenk zur Weihnacht 1944 erinnere ich mich doch noch. Es gab, zumindest bei uns in Floridsdorf, in diesen Tagen keine Fliegerangriffe. Es waren einige wenige Tage der Ruhe und eines kurzen Sicherheitsgefühls innerhalb der ständigen Angst und Sorge, am nächsten Morgen nicht mehr zu existieren oder als Invalide aufzuwachen. Ich kann aber nicht mit Bestimmtheit sagen, ob das für ganz Wien zutraf, da ich damals noch keine Aufzeichnungen führte.

Hedwig Öhler, Wien, November 2002

Die Autorin mit 14 Jahren im Dezember 1944.

Das Christkind nahm die Kindheit mit

Die folgende, für dieses Buch etwas veränderte Geschichte stammt aus dem Buch des Herausgebers „ZEITENBRÜCKEN, Teil 1."[9] Der Autor wurde 1941 in Wien geboren. Mit seiner Mutter lebte er ab 1944 bis knapp vor Kriegsende in einer Villa in Sauerbrunn im Burgenland. Dort lebten auch seine Großeltern väterlicherseits und die ältere Schwester des Großvaters, die Tante Lina. Zur Weihnachtszeit bis knapp nach Jahresbeginn 1945 lebte dort auch die Familie Szombay. Das waren aus dem (ungarischen?) Banat geflüchtete Bauern mit ihrer etwa 20-jährigen Tochter Käthe.

Der Herausgeber, hier auch Autor der Erzählung.

In meiner Kindheit begann die Weihnachtszeit mit dem mit Furcht erwarteten Krampustag. Das war der 5. Dezember. Die Krampustage meiner Kindheit waren schrecklich, auch wenn sie mit Geschenken vom Nikolo endeten. Diese Geschenke waren schlicht. Schokolade, ja selbst einfache Zuckerln lernte ich erst nach dem Krieg kennen. Die Kinder bekamen Nüsse, Äpfel und getrocknete Feigen (gab es die schon während des Krieges oder täuscht mich da mein Gedächtnis?). Diese minderten zwar die unbarmherzige Furcht, die der Krampus und seine blöd herumhüpfenden und schreienden Kumpane verbreiteten und zurückließen. Aber ganz verschwanden diese körperlich erlebten Schrecken nie. Sie blieben bis zum nächsten

Der Autor mit seiner Mutter im Wald in Sauerbrunn.

9 Vogel Verlag, Bisamberg, 2009. Untertitel: Von Sternschnuppen, Schutzengeln und dem Christkindl.

Krampustag wie Parasiten im Bewusstsein und folgten mir oft bis in meine Träume. Selbst vor dem Einschlafen waren sie nicht aus dem Bett zu vertreiben.
Zur Zeit vor dem Heiligen Abend gehörten glitzernde Sterne am klaren Himmel und weißer Rodelfahrschnee genauso dazu wie Kuchengeruch und die duftenden Fichtenzweige, das Grassert. Mit denen war das ganze Haus geschmückt. Meine Omama hatte sie von den Bäumen auf dem Hügel hinter der Villa abgeschnitten. Und wenn die Zweige nicht mehr ganz frisch waren, wurden sie im Ofen verbrannt. Das zischte und prasselte und knallte und machte damit nicht nur mir große Freude, sondern auch der Tante Lina, da damit das Wasser oder die Suppe rasch kochte.
Neben dem Krampustag in Sauerbrunn ist mir noch sehr gut in Erinnerung, wie wir in den Wald gingen, um einen Christbaum zu holen. Zu holen wohlgemerkt, nicht zu kaufen. Denn zu kaufen gab es 1944 keinen Baum mehr. Doch ich wusste das nicht. Wir holten eben einen aus dem Wald. Dort standen so viele. Einer neben dem anderen. Der Schnee war tief, und es war kalt. Vorne ging meine Omama entschieden in eine bestimmte Richtung. Dahinter kam ich und zuletzt meine Mutter mit der Säge. Es war ganz still, und ein Baum war bald auserwählt unser Christbaum zu werden. So einfach war das Leben damals für mich.
Beim Umschneiden des Baumes staubte feiner Schnee von den Zweigen auf uns herunter. Omama schaute sich immer wieder um, dann lag der Baum im tiefen Schnee vor uns. Genau in dem Moment ertönte eine Männerstimme, und ein alter Mann trat hinter einem der großen Bäume, seinem Versteck, hervor. Die beiden Frauen standen da wie versteinert und starrten ihn ängstlich an. Ich verstand sie nicht. Das war doch der freundliche Förster, den kannten wir doch alle. Der war in dem Moment aber gar nicht so freundlich, wie ich später erfuhr. Er sagte etwa, dass wir möglichst schnell verschwinden sollten. Ausnahmsweise könnten wir den Baum mitnehmen, aber nur wegen dieses lieben Kleinen da – das war ich, vor sehr langer Zeit. Er drehte sich um und ging in die entgegengesetzte Richtung davon. Kurz drehte er noch einmal das Gesicht zu uns und sagte in den Bart brummend: „Anzeigen sollte ich euch Weaner!“ Das konnte ich nicht verstehen. Wir hatten uns doch nur einen Christbaum von den vielen geholt. Der gehörte einfach zu Weihnachten dazu. Doch die Logik der Erwachsenen war mir damals nicht verständlich. Obwohl ich nun jahrzehntelang in diese Menschengruppe hineingewachsen bin, hat sich daran wenig geändert.

Viel Seltsames und Geheimnisvolles ging in der Adventzeit vor sich, obgleich mir dieses Wort gar nicht bekannt war. Manches Mal durfte ich ein Zimmer nicht betreten, dann wieder durfte ich nicht zu den Großeltern in die Wohnung unter uns. Ein anderes Mal musste ich bei den Großeltern in der Wohnung bleiben und durfte auf keinen Fall in unsere Wohnung kommen. Erwachsene waren eigenartig und inkonsequent. Aber das nahm ich hin. Mir war klar, die kann man nicht ändern. Und ich habe Recht behalten.
Endlich war der Heilige Abend gekommen. Die Spannung war unerträglich. Wie lange noch? Wie viele Stunden noch, bis es finster wird? Wann endlich? Wie viele Minuten noch? Als es dämmrig geworden war, sah man im Nachbarhaus schon die Kerzen auf dem Christbaum leuchten. (Das wundert mich heute, denn es war ja Verdunkelung vorgeschrieben. Aber ich erinnere mich genau an die brennenden Kerzen im Nachbarhaus.) Nun konnte es nicht mehr lange dauern. Ich war unten im Parterre bei den Großeltern. Und endlich, ich hörte eine feine Glocke läuten! Mutter kam und sagte, ich könne kommen. Sie habe das Fenster offen gelassen, damit das Christkind mit dem Baum in das Zimmer fliegen könne. Da habe ich mich gewundert. Wir wohnten im 1. Stock. Wie konnte da das Christkind, das ich mir wie einen zarten Engel vorstellte, mit dem schweren Baum durch das Fenster kommen? Wenn ich versuche mir meine damaligen Gedanken ins Gedächtnis zu rufen, so war das für mich sozusagen eine physikalische Unmöglichkeit. Wenngleich ich keine Idee hatte, was Physik ist und schon gar nicht deren Gesetze kannte. Das Christkind alleine fliegend, ja, das konnte ich mir vorstellen. Aber mit einem Baum? Nein. Schon den Baum zu tragen war für einen solchen Engel nicht möglich. Unseren Baum aber fliegend tragen, das konnte nicht sein. Ungeschmückt, noch im Wald, mussten meine Mutter und die Großmutter ihn zusammen tragen. Eine vorne, eine hinten gehend.
Eine Zeit lang war der Baum hinter dem Haus unter dem Vordach gestanden. Eines Tages war er weg. Man hat mir das erklärt: Das Christkind hatte ihn geholt. Gut, das war logisch. Aber mit dem großen Baum alleine, vielleicht auch noch mit dem geschmückten, durch das Fenster zu fliegen, das war unmöglich und es schien mir unlogisch so etwas zu behaupten. Da stimmte etwas nicht. Und mit den Jahren wurde ich in meiner Meinung bestärkt, dass die Erwachsenen vieles behaupteten, was sogar nach meiner damaligen Erfahrung nicht stimmte – und

was sie nicht beweisen konnten, denn wenn ich danach fragte, sagten sie: „Das verstehst Du noch nicht."
Zweifel hatte ich, aber keine Lösung. Wir gingen, ich flog eher, die Holztreppe hinauf. Mutter öffnete die Türe, warm-goldenes Licht erfüllte das Zimmer. Vom Kerzenlicht, der Wärme und den guten Gerüchen fühlte ich mich eingehüllt, wie umarmt. Wärme und Glück spürte ich, wie an einem windstillen Frühlingstag, der schon den Sommer ahnen lässt. Der Baum stand in der rechten Ecke neben dem Fenster. Aufgeputzt war er und voll mit brennenden Kerzen. Er schien mir wie eine einzige große Kerze. So erinnere ich mich an ihn. Im Ofen, hinten bei der Türe, knisterte das Feuer. Sonst war es still. Schwach bewegte sich der Vorhang, ein Fensterflügel war geöffnet. Mutter hatte es ja gesagt. Vielleicht stimmte doch alles? Vielleicht war das Christkind doch durch das offene Fenster gekommen? Aber vorstellen, nein, vorstellen konnte ich es mir trotzdem nicht.
Der durchscheinende, weiße, bodenlange Vorhang wellte sich ständig im leichten Luftzug des geöffneten Fensterflügels (das kann ich heute noch genau vor mir sehen). Da sah ich darunter, allerdings beim zweiten, geschlossenen Fenster, zwei weiße, stoffbezogene, seidig glänzende, schmale Schuhspitzen hervorschauen, über die der Vorhangstoff immer wieder hin und her schwebte. War da jemand hinter dem Vorhang? Ängstlich, eher mehr neugierig, schaute ich von den beiden Schuhen aufwärts. Tatsächlich. Hinter dem Vorhang sah ich gegen den dunklen Nachthimmel die hellen Umrisse eines weißgekleideten Engels. Das Gesicht war nicht zu sehen, vielleicht zu erahnen. Die Gestalt bewegte sich nicht und sagte nichts. Es *war* das Christkind. *Das Christkind!* Es war da. Ich konnte nichts sagen, mich nicht bewegen. Ich sah das Christkind. Weiß und schön als Silhouette hinter dem weißen Vorhang stand es in unserem Zimmer. Es war gekommen.
Alle meine älteren Spielgefährten – und alle Buben aus der Nachbarschaft waren älter als ich – hatten versucht mir einzureden, dass es kein Christkind gäbe. Es wären die Erwachsenen, welche die Geschenke unter den Baum legten. Aber zu *mir* war es gekommen. Es war da, und ich sah es. Es stand vor mir, als wäre es eben gekommen und war eben dabei wieder wegzufliegen. Und es war so schön. Schlank und zart und ganz weiß. Genau so wie ich es mir vorgestellt hatte.
Das zitternde gelbliche Licht der Kerzen blendete mich, ich sah das Christkind gegen den dunklen Hintergrund der Nacht kaum. Nur die Schuhspitzen, die am Ende des Vorhanges zu sehen waren, konnte ich genau erkennen. Manchmal,

wenn sich der Vorhang etwas mehr bewegte, auch die weißen Strümpfe auf den Knöcheln. Ich schaute, schaute… Und da kamen mir diese Schuhe bekannt vor. Diese Schuhe, genau diese weißen, glänzenden, hatte ich schon gesehen. Wo hatte ich diese Schuhe gesehen? Wann war das gewesen? Wie war es möglich, dass ich diese Schuhe kannte? Allmählich schlichen sich Zweifel in meine Gedanken. Keine konkreten. Zweifel bloß, dass irgendetwas, diese Schuhe und das Christkind betreffend, nicht zusammenpasste.
Doch es war im Moment keine Zeit darüber nachzudenken. „Komm“, sagte meine Mutter, „wir holen die Großeltern und die Lina-Tant.“ Ich trampelte die Holztreppe hinunter und rief, dass das Christkind oben sei und alle kommen sollten. Rasch. Und alle kamen und bewunderten den Baum und die Lichter.
„Und schau, die Geschenke“, sagten sie. Und ich schaute. Ja, so viele Packerln lagen da, die hatte ich vorher gar nicht wahrgenommen Aber das Christkind war weg. Doch es war da gewesen, sagte ich mir und ich sagte es auch allen anderen. Ich habe es gesehen. Und sie glaubten es und meinten, es hätte doch nicht soviel Zeit. Es müsse auch zu anderen Kindern. Das war nun auch wieder logisch, dachte ich mir.
Aber jetzt war es weg – und es ist nie wieder zu mir gekommen. Es war das erste und das letzte Mal, dass ich es gesehen habe. Nur einen Moment lang stand es neben dem offenen Fenster. Dann war es wieder fortgeflogen, in die Weihnachtsnacht, zu anderen Kindern. Wobei ich daran einen Moment auch zweifelte. Denn wie viele Kinder konnte es denn besuchen an diesem Abend? Schon für alle in diesem Ort konnte die Zeit dieses Abends nicht reichen. Und erst für größere Städte, wie Wiener Neustadt, wo meine andere Großmutter wohnte. Das war nicht möglich alle Kinder zu besuchen und zu beschenken. Das waren tatsächlich für einen Moment meine Gedanken. Gab es denn viele Christkindln? Oder kamen zu anderen Kindern nur Engel als Helfer?
Ich hatte an das Christkind geglaubt, und es war zu mir gekommen. Ich hatte geglaubt, wie man nur einmal im Leben glauben kann. Ich habe geglaubt und das Wunder geschaut. Nur einen Moment lang. Wunderschön war es gewesen. Es war ein Erlebnis ohne Beispiel – wohl auch ohne Beispiel im ganzen weiteren Leben. Nur wenige Minuten hatte es gedauert, einige Augenblicke lang. Doch diese Augenblicke waren lange wie ein Leben. Nie habe ich sie vergessen, nie verloren. Es war ein Erleben für ein ganzes Leben lang – und es ist noch immer

in mir. Es waren die schönsten Weihnachten, wohl nicht nur meiner Kindheit. Und sie sind unvergessen.
Doch schon vom nächsten Tag an glaubte ich nicht mehr, denn ich hatte die Wahrheit herausgefunden. Ich glaubte nicht mehr daran, Erwachsene, wie Mutter, Großmutter, Tante wüssten alles, wären ehrlich, würden nicht lügen. Dieser Heilige Abend 1944 bescherte mir Freude und Glück und Wunder, aber auch Wissen und Zweifel. Alles im Übermaß.
Noch aber war der 24. Dezember und aus dem Radio kam „Stille Nacht …“ Überall wurde es jetzt gespielt und gesungen. Auch an der Kriegsfront, die schon sehr nahe war. Doch davon hatte ich keine Ahnung. Auch wir sangen „Stille Nacht“, Mutter weinte und die Oma auch. Und sogar der Leopold-Onkel weinte. Das hätte ich nicht gedacht. Und wir sangen „O Tannenbaum“ und „Ihr Kinderlein kommet“, und dann durfte ich zu den Geschenken. Die Kerzen wurden gelöscht und ich konnte endlich das hölzerne Hutschpferd, das hinter dem Baum – fast – perfekt versteckt gewesen war, ausprobieren. Was es sonst noch an Gaben gab, weiß ich nicht mehr genau. Gestrickte Fäustlinge waren auch noch dabei. An die erinnere ich mich, denn die waren nicht gleich groß. Da lachten alle und Großvater, der immer Späße machte, sagte, dass das Christkindl, dass die gestrickt hatte, schon sehr alt sein müsste und nicht mehr gut sehen könnte. Zuletzt begann meine Mutter das „Vater Unser“ zu beten. „Für alle, die heute nicht bei uns sind“, sagte sie.
Dann saßen wir alle um den runden Tisch. Was es zu essen gab, daran erinnere mich auch nicht. Doch ich durfte aufbleiben, musste nicht um acht Uhr, wie sonst immer, schlafen gehen. Allerdings dauerte es nicht lange und ich wäre am Tisch beinahe eingeschlafen. Man legte mich ins Bett und alle dachten, ich würde sofort schlafen. Mir war auch ganz taumelig, und die Augenlider waren schwer. Trotzdem konnte ich nicht sofort einschlafen. Zuviel hatte ich erlebt, viel zuviel war geschehen an diesem Tag. Das Erlebte erlebte ich wieder, es lief noch einmal vor mir ab. Das Öffnen der Türe, das Licht im Raum, der wunderschöne Baum mit den glänzenden Kugeln und den Figuren, mit Engelshaar und den gläsernen Vögeln, die Schwänze aus dünnen Silberfäden hatten, welche sich bei der geringsten Berührung, beim feinsten Luftzug, bewegten. Auch das Christkind hinter dem Vorhang erschien in meinem Vortraum in seinen glänzenden Schuhen und weißen Strümpfen und dem hell durch den Vorhang scheinenden Kleid. Und als ich am nächsten Morgen erwachte, wusste ich, woher ich das Kleid kannte.

Es war das Hochzeitskleid der Szombay Käthe. Es waren ihre Schuhe und ihre Strümpfe gewesen, welche der schöne Engel hinter dem Vorhang getragen hatte. Alles war jetzt klar und einfach – und logisch: Hinter dem Vorhang war die Szombay Käthl, wie meine Mutter sie nannte, gestanden. Vor einiger Zeit hatte sie ihr Hochzeitskleid und die Schuhe, die das Christkind getragen hatte, stolz meiner Mutter gezeigt, wenn auch nicht getragen. Daran konnte ich mich erinnern. Daher kannte ich das Kleid und die seidig glänzenden Schuhe.
Als wir später gemeinsam Weihnachtslieder sangen, war sie mit ihren Eltern auch zu uns gekommen. Diesen Moment hatte ich gar nicht wahrgenommen. Da war sie aber so angezogen wie immer. Das passte auch nicht zusammen. Wie kam sie so schnell in ihre Wohnung und wie konnte sie so schnell die Kleider wechseln? Doch ich fand auch dafür die Lösung. Unsere beiden Wohnungen waren durch einen direkten Gang verbunden. Der wurde normalerweise nicht benützt. So war sie also als Christkindl entkommen, ohne dass ich davon etwas merkte. Und zurückgekommen war sie, während wir sangen. Das fiel gar nicht auf. Zumindest mir nicht, dem sonst kaum etwas entging. Ja, so musste es gewesen sein.
Die Käthe hatte einen Bräutigam, einen Franzosen. Sie wollte ihn in Vorarlberg treffen und dort heiraten. So erzählte es meine Mutter später. Heute kann ich mir nicht vorstellen, wie das Ganze zusammenpasste. Aber so habe ich es in Erinnerung. Ich kann niemand mehr danach fragen, da keine der beteiligten Personen mehr lebt. Die Familie Szombay zog Anfang 1945 weg, da die Russen immer näher kamen. Und vor denen waren sie schon einmal geflüchtet. Sie hatten alles zurückgelassen. Ihr Haus mit fast allem, was drinnen war, ihre Felder, ihre Tiere. Wir haben nie wieder etwas von ihnen gehört, obwohl sie versprachen, uns nach dem Krieg zu schreiben. Aber sie leben nicht mehr. Selbst mein „falsches Christkindl“, die schöne Käthe, müsste heute schon an die 90 Jahre – oder mehr – sein.
So war es also gewesen: Hinter dem Vorhang stand kein Christkind, den Baum hatten die Erwachsenen aufgestellt und auch die Kerzen angezündet, mit einem Glöckerl geläutet hatte die Käthe hinter dem Vorhang, die Fäustlinge hatte die Oma gestrickt und das Hutschpferd hatte – ziemlich sicher – der Opapa gemacht, das waren die mir einzig *logisch* scheinenden Erklärungen. Während wir die Großeltern geholt hatten, verschwand die Käthe – klarerweise durch die Verbindungstür zur Veranda. So hatte ich mir selbst alles – logisch – überlegt und erklärt.

Alles war so, wie ich es eben erzählt habe. Ich habe versucht, mir – *logisch* – die Zusammenhänge zusammen zu reimen. Wie das einem noch nicht einmal Vierjährigen möglich war, kann ich nicht erklären. Ich kann bloß versichern, dass es so war.

Nie hatte ich mit irgendeinem der Beteiligten darüber gesprochen, dass ich *alles* wusste. Die Wahrheit ist: Ich wollte den Erwachsenen nicht die Freude nehmen, zu glauben, ich würde an sie und ihre Geschichten und an das Christkind, das die Geschenke bringt und mit einem schweren Baum durch ein geöffnetes Fenster fliegen kann, glauben. Am 25. Dezember 1944 war ich, wie gesagt, keine vier Jahre alt. Doch innerhalb von Stunden war ich älter geworden an diesem Weihnachtsfest. Ich meine, es müssen Jahre gewesen sein. Nie habe ich mit einem der damals Anwesenden darüber gesprochen. Ich war zu verschlossen, ich konnte es einfach nicht. Später wollte ich es nicht. Ich weiß auch nicht warum.

Herbert-Ernst Neusiedler, Wien, 2009

Lichterbaum und Hakenkreuz

Folgenden Brief erhielt ich von meinem Freund Gerhart, denn alle Gerry nannten, im Herbst 1994. Es wurden nur einige, für die Geschichte unwesentliche Stellen gestrichen. Im gleichen Jahr, am 13. Dezember, rief mich Gerry aus dem Krankenhaus an. Er wäre vor zwei Tagen eingeliefert worden, da er müde und unkonzentriert war. Es kam dann Schwindel dazu und er hatte starke Kopfschmerzen. Zuletzt war er in der eigenen Wohnung orientierungslos. Man hatte einen Tumor im Kopf festgestellt, der aber nicht bösartig sei, erzählte er mir. Es ginge ihm nun besser, er könne in zwei Tagen nach Hause gehen. Nach den Feiertagen, im Jänner, müsse er aber operiert werden.
Am 26. Dezember rief mich Gerrys Mutter an. Gerry sei am 24. 12., knapp vor Mitternacht, gestorben. Er ist 54 Jahre alt geworden. Genau 50 Jahre waren seit dem Ereignis vergangen, das er in seinem Brief detailreich schildert.

Der Herausgeber

Lieber Herbert!

Du hast mich um meine Erinnerung zu den Weihnachten des Jahres 1944 gebeten. Meine eigenen sind nicht sehr ergiebig, eigentlich erinnere ich mich intensiv nur an zwei Dinge dieses Weihnachtsabends, weil sie sicher den größten Eindruck auf mich gemacht haben. An alles andere, das ich Dir schildern werde, habe ich schon eine Erinnerung, aber die ist verschwommen, wie in weiter Ferne. Alles ist ja schon sehr lange her – und ich war damals auch erst vier Jahre und ein paar Wochen alt. Da merkt man sich halt nicht alles. Diese Erinnerungen kann ich nur zum Leben erwecken, da ich später die Erwachsenen immer wieder darüber reden hörte und ich bei manchem jetzt meine Mama gefragt habe. Alle anderen, die dabei waren, leben doch nicht mehr.
Jedenfalls war der 24. Dezember 1944 ein aufregender Tag für mich. Ich glaube, ich habe damals zum ersten Mal Weihnachten intensiv erlebt. Meine Großmutter, die Du ja gekannt hast, war eine sehr fromme Frau. Irgendwann am Nachmittag nahm sie mich zu einem Spaziergang mit. Zum Mittagessen hatte es nur eine Suppe und ein Stück Brot gegeben. Bei uns wurde gefastet. Aber wenn ich mir das so überlege, haben zu dieser Zeit sicher die meisten Menschen gefastet. Meine Mutter sagte, dass es damals kaum mehr Lebensmittel zu kaufen gab. An die Suppe erinnere ich mich deswegen so genau, da das Essen

am Abend etwas war, das ich vorher und auch nachher in dieser Form und in diesem Luxus nicht mehr erlebt habe.
Wir gingen erst in die Nepomukkirche in der Praterstraße. Wie immer musste ich mich niederknien und zum Kreuz beten. Ich konnte gar nicht beten, ich kniete mich nieder und faltete die Hände, damit die Großmutter Ruhe gab. Mir wurde das aber zu lang, auch die Knie taten mir weh und ich stand auf und ging herum.
Wir gingen dann weiter zur Taborstraße, dort ist ja auch eine große Kirche, da gingen wir wieder hinein. Wieder sollte ich beten. Ich glaube, länger als eine Minute hielt ich es wieder nicht aus. Als ich herumging, kam eine schwarzgekleidete Schwester zu mir, sagte irgendetwas, so wie braver Bub oder so etwas Ähnliches, und gab mir ein in ein buntes Papier eingewickeltes Zuckerl. Das war das erste Geschenk an diesem Heiligen Abend.
Als wir nach Hause kamen, wir wohnten in der Fugbachgasse, in der Wohnung, die eigentlich ein Geschäftslokal war, die Du kennst, musste ich in der Küche warten, denn das Christkind war noch nicht da, obwohl mir meine Omama versprochen hatte, dass, wenn wir nach Hause kommen würden, es schon auf mich warten würde. Niemand hat auf mich gewartet, ich musste warten. Aber ich wusste schon damals, dass man sich auf niemand verlassen kann, auf Versprechungen schon gar nicht, ja nicht einmal auf das Christkindl. Da hat sich seit damals nicht viel geändert.
Endlich war das zarte Läuten einer kleinen Glocke zu hören, die Tür zum Zimmer wurde aufgemacht, Kerzen leuchteten auf dem Baum und es roch so nach Weihnachten, wie es halt zu Weihnachten riechen soll: Kerzen und ein bissel nach Kuchen roch es auch und es roch auch so wie immer: ein bissel nach Petroleum, weil wir ja nicht immer elektrischen Strom hatten. Glaub mir, mir ist heute sofort schlecht und ich spüre diesen grauslichen Geruch, wenn ich beim Altwarentandler in der Stadtgutgasse eine Petroleumlampe in der Auslage sehe. In bunte Papierln waren Stücke von Würfelzucker eingewickelt, die auf dem kleinen Baum hingen. Der stand auf einem kleinen Tisch und darunter lagen verschiedene Geschenke. Für jeden etwas. Diese waren das Wichtigste überhaupt. Für mich zumindest. Doch wiederum musste ich beten, und die Omama, die Mama und die Tante Susi beteten auch. Mama und die Omama weinten, die Tante Susi nicht. Ich auch nicht, aber ich faltete die Hände, musste mich aber nicht niederknien. Als wir damit fertig waren, wurde gesungen. Was man eben

so singt zu Weihnachten. Das war auch später immer so, da lernte ich dann die Lieder alle. Bei uns wurde aber nicht nur „O Tannenbaum“ und „Stille Nacht“ gesungen, sondern auch „Ihr Kinderlein kommet“ und auch ein Kirchenlied, an das ich mich nicht mehr erinnere.
Dann gab es die Geschenke. Für mich gab es gestrickte Fäustlinge. Das ist ja heute wieder modern. Daran erinnere ich mich vielleicht deswegen, da ich solche zu vielen folgenden Weihnachten, Jahr für Jahr immer wieder bekam, und Strümpfe. Ich bekam dicke braune Mädchenstrümpfe. Mädchenstrümpfe, kannst Du Dir das vorstellen?
Damit war unsere Weihnachtsfeier beendet. Die Geschichte, die Du hören sollst, beginnt aber erst jetzt. Denn von solchen Weihnachten kann Dir sicher keiner berichten. Und jetzt wirst Du schauen.
Ich wurde mit meinen wunderbaren Geschenken alleine gelassen. Und ich glaube, ich begann nachzudenken, wo ich die Strümpfe verstecken konnte. Die Frauen begannen in den beiden Kästen im Kabinett, das eigentlich das Zimmer der Tante Susi war, herumzuwerken. Ununterbrochen diskutierten und quatschten sie, liefen hinein und kamen aus dem Kabinett wieder in anderen Kleidern oder nur in der Combinege (ein Unterkleid längst vergangener Zeiten) heraus.
Der Grund dieser Aufregung war, dass wir bei einer Freundin der Tante zu einem Festessen eingeladen waren. Diese Freundin aus der Schulzeit Susis wohnte nur ein paar hundert Meter von uns entfernt in der Heinestraße. Sie hatte mit ihrer Familie, die Eltern waren Hausbesorger, in einer anderen Gasse in einer Parterrewohnung gewohnt. Sie hatte noch eine Schwester und einen Bruder. Nun wohnte sie aber in einem eleganten Haus (das steht heute noch) im dritten Stock in einer großen Wohnung, von der die Tante Susi immer erzählte. Das konnte sie sich aber nur leisten, da ihr Freund ein hoher Parteigenosse war. Er war bei der SS. Obersturmbannführer war er, erinnert sich meine Mutter. Keine Ahnung, was das ist oder war. Du weißt es sicher besser, weil Du Dich ja auskennst mit den ganzen Brüdern von den Nazis und dem Onkel Adolf. Mich interessiert das alles nicht. Gott sei Dank ist das vorbei, und wir zwei mussten nicht einmal in die Hitlerjugend. Ich glaube, wir zwei hätten die zugrunde gerichtet.
Auch ich wurde aufgeputzt wie ein Christbaum, und wir gingen zu der reichen Susifreundin. Die Tante ging aber nicht mit. Trotz Schimpfen und Streitereien bis zu unserem Abmarsch blieb sie hart. Sie hätte nichts Anständiges zum An-

ziehen. Die Moni, ihre Freundin Monika, hätte teure Kleider und wäre sicher mit Schmuck behängt, wie ein Christbaum. Sie, die Susi, würde sich genieren vor einem so hohen Herrn, wie diesem Oberführer oder wie der hieß, in ihrem armseligen Kleid und mit einem alten Wintermantel zu erscheinen.
Meine dicke Omama keuchte schon im zweiten Stock des Monikahauses und auch Mama tat sich schwer, denn sie musste mich ab dem ersten Stock schon tragen. Es waren extrem hohe Stockwerke und extrem hohe Stufen. Das war mir zu viel. Einen Moment warteten wir vor der Tür. Nur mit Mühe konnte man mich zurückhalten, dass ich nicht gegen die Türe gepumpert habe. Geduld war ja nie meine Stärke. Dann endlich läutete meine Mutter und wir traten ein. Und das sehe ich wirklich so vor mir: Wir gingen nicht hinein, wir traten leise und langsam über die Schwelle, wie man in einem Roman sagen würde.
Die Frau Monika fragte gleich nach der Susi und war entsetzt, dass sie nicht mitkommen wollte. Sie wollte sie anrufen. Anrufen? Doch wir hatten doch kein Telefon. Das fiel ihr dann ein. Wahrscheinlich musste sie da lange vorher darüber nachdenken. Wer hatte damals schon Telefon zu Hause? Eine dumme Gans, die SS-Braut, denke ich mir heute. Wer weiß, ob ich nicht auch damals schon so über sie gedacht habe. Ich trau' mir das zu. Dann beugte sie sich über das liebe Buberl mit den blonden Locken, das war ich, über welche sie auch gleich streichelte, wie es viele andere auch machten. Da war sie mir gleich unsympathisch. Außerdem gefiel mir die nicht. Die hatte dichte schwarze Haare und ein knallrotes Kleid, als wäre sie von der Feuerwehr. Sogar ihre Lippen waren so rot wie ihr Kleid. Ob das nicht eine Hexe ist, dachte ich mir. Meine blonde Tante Susi, die war viel schöner. (Du weißt eh, in die war ich ein bissel viel verliebt. Die war ja fast 20 Jahre jünger als meine Mutter). Als diese Monika sich zu mir niederbeugte, traf mich ihre Kette, die sie um den Hals hatte, auf dem Kopf. Das war nun aber genug. Ich stellte mich an die Seite meiner Mutter. Damit war ich etwas geschützt und ihren Angriffen entzogen.
Nun betraten wir – schon wieder betraten wir – das festliche Zimmer. In der Ecke beim Fenster stand ein Baum, ich glaube, der war so hoch wie der Raum. Und darunter, da war das, was ich sofort sah: viele verschiedene Pakete, gepackt in farbige Papiere oder solche mit Weihnachtssternen. Großmutter und Mutter schauten aber nur auf den Baum. Sie schauten und sagten kein Wort. Die konnten nichts sagen oder wussten nicht, was sie sagen sollten. Der Baum war aufgeputzt,

wie eben ein Christbaum aufgeputzt wurde in unserer Kindheit, mit Lametta und mit Kerzen und bunten Glasfiguren und Kugeln. Sogar in buntes Papier mit Fransen dran waren Zuckerln eingepackt und aufgehängt. Die Sprachlosigkeit der mich begleitenden Damen aber verursachte der zusätzliche und außergewöhnliche Weihnachtsschmuck. Es waren kleine Hakenkreuze, die mit Stanniolfolie überzogen waren. Sie blinkten silbern, da sie sich ständig bewegten. Ich sah die auch, aber für mich waren sie nichts Besonderes. Meine katholische Großmutter war so entsetzt, dass sie später kaum etwas essen konnte. Denn wie konnte man auf einen Christbaum Hakenkreuze hängen. Das hörte ich später, da gab es diese Kreuze und auch einen Hitler nicht mehr, immer wieder von ihr.
Monika sagte, wir sollten uns auf den Ottoman setzen, denn Hans würde bald kommen. Er habe vor kurzem angerufen, die Weihnachtsfeier in seiner Dienststelle ginge schon zu Ende und ein Chauffeur würde ihn mit einem Dienstwagen herbringen. Dann würde Lena, die Haushaltshilfe, das Abendessen servieren.
Wir platzierten uns auf dem Diwan, Monika saß uns gegenüber in einem Fauteuil. Dann bot sie irgendeinen Aperitif an und mir ein Zitronenwasser mit Zukker. Mama und Omama kannten keinen Aperitif und ich kein Zitronenwasser, aber wir tranken alle. Auch unsere Gastgeberin trank irgendetwas aus einem kleinen Stamperl. Und stell' dir vor, die rauchte eine Zigarette. Na was die Omama darüber nachher sagte, kannst Du Dir ja denken.
Plötzlich sprang sie auf. Der Hans kommt, rief sie laut. Nun hörten auch wir seine Schritte auf den Steinplatten des Ganges. Doch noch bevor er läuten konnte, machte sie schon die Türe auf. Nach ein paar Sekunden war er schon im Zimmer. Ohne Mütze, aber in voller Uniform kam er hereingepoltert. Fröhlich lachend streckte er meiner Omama die Hand entgegen, sagte gnädige Frau und küsste ihre Hand, ebenso die meiner Mutter. Meine Großmutter war eine Fabrikarbeiterin gewesen, zu der hatte noch niemand gnädige Frau gesagt oder ihre Hand geküsst. Ihr Gesicht wurde rot und der Kopf explodierte ihr beinahe. Sie hatte wahrscheinlich schon damals einen hohen Blutdruck. Aber ich glaube, das wusste keiner. Sie begann zu schwitzen und konnte nichts sagen als: Danke schön.
Jetzt sagte ihm Monika, dass Susi nicht kommen würde und warum nicht. „Was", rief er laut, „sie hat nichts zum Anziehen? Dann soll sie nackert kommen. Ich hole sie. Die muss her. Nein, die darf doch nicht alleine zu Hause sitzen, wenn wir hier feiern und essen."

Meine Mutter sagte zu ihm, dass Susi sich schäme, weil Fräulein Monika so elegante Kleider habe und er, der Herr Obersturmbannführer, ein so vornehmer und hoher Herr sei.
„Niemand ist hier und heute vornehm. Wir sind alle Volksgenossen. Wir feiern alle zusammen oder gar nicht."
„Moni", rief er wie befehlend, „wie viele Pelzmäntel hast Du? Ist ja wurscht. Her mit dem Fuchs! Wenn sie nichts zum Anziehen hat, bringe ich sie nackt her. Aber frieren soll sie dabei auf keinen Fall. Ich bringe sie her und wenn ich sie tragen muss. Mir wird sie nicht nein sagen. Mir hat noch keine nein gesagt."
Und er lachte oder besser er brüllte vor Lachen. Und ich traute ihm das zu, dass er die Tante hierher tragen würde. Ich hatte jetzt ein bisserl Angst vor ihm.
Er warf sich den Pelzmantel über die Schulter und schon hörte man ihn die Stufen hinunterstampfen. Und selbst dort zerkugelte er sich noch vor Lachen. Das musste im ganzen Haus zu hören sein. Im Zimmer war es plötzlich ganz still geworden.
Der bringt sie her, und wenn er sie wirklich tragen muss, sagte Monika. Die Großmutter wollte ihm nach und ihn aufhalten. Erst die schrecklichen Hakenkreuze auf dem Baum, jetzt sah sie auch noch, wie er die nackte Susi über die Schulter geworfen hier anschleppte. Omamas Blutdruck war auf Volldampf. Sie keuchte auch wie eine Lok. Doch Monika hielt sie zurück. Sie hätte den Weg in den dritten Stock zurück ein zweites Mal ohnedies nicht geschafft. Und es war auch nicht nötig, denn es dauerte keine halbe Stunde, da hörte man schon wieder seine Schritte auf dem Gang und seine laute Stimme. Neben ihm trippelte eine ganz verschreckt wirkende Susi, die in einen beinahe knöchellangen Pelzmantel aus Silberfuchs gehüllt, ja gehüllt, ins Zimmer kam. Sie hielt den Mantel mit beiden verschränkten Armen fest an sich gepreßt. Monika sagte kein Wort, Mama sagte nur: „Mein Gott", und ich glaube, Omama war der Ohnmacht nahe – oder einer Explosion, denn ihr Gesicht sah aus wie ein roter Luftballon.
Susi sagte nur: „Da bin ich." Aber das sahen wir eh alle.
Monika wollte ihr den Mantel abnehmen, aber Susi sagte, „das geht nicht, ich konnte mir nichts anziehen."
Um Gottes Willen, die ist nackt darunter, dachte Oma, da bin ich sicher. Ich dachte mir gar nichts.

Doch sie war nicht nackt, sie hatte nur ihren Bademantel oder Schlafrock anziehen können. Der SS-Hans hatte ihre keine Zeit gelassen, sich etwas anderes anzuziehen. Er zog ihr den Pelzmantel an, packte sie an der Hand und zog sie aus der Wohnung hinaus. Draußen legte er seinen Arm um sie, und sie ließ mit sich geschehen, was sie nicht verhindern konnte. Susi war ein kleines zartes Mädchen. Sie war damals zwanzig Jahre alt und arbeitete in einem Betrieb, der Funkgeräte erzeugte, am anderen Ende von Wien. Für mich war sie meine zweite Mama. Sie war viel liebevoller zu mir als meine Mutter. Die war immer hart und abweisend. Ich glaube, wenn ich jetzt im Nachhinein daran denke, war ich für Susi so etwas wie ein eigenes Kind. Und meinen Vater kannte ich nicht, und ich habe ihn auch nie kennengelernt. Er starb oder er fiel, wie das damals zynisch umschrieben wurde – als ob er bloß hingefallen wäre – im April 1945 an der Oder. Ich weiß, es gehört nicht in die Geschichte, aber was hatte der Mann, der mein Vater war, an der Oder zu tun? Kurz vor Kriegsende?

„Also, Fräulein Susi, jetzt sind wir da, jetzt werde ich sie ankleiden“, sagte der Offizier in der schwarzen Uniform, die er noch immer nicht abgelegt hatte. „Auf ins Boudoir!“ Und er brüllte schon wieder vor Lachen.

„Nein, nein“, sagte Oma, „bitte Fräulein Monika, gehen Sie mit.“ Und die tat das auch. Sie drängte ihren Freund zurück. Der hatte schon von der dienstlichen Weihnachtsfeier einen ausreichenden Alkoholspiegel im Blut. Er wehrte sich auch gar nicht, obwohl er einmal die Türe zum Ankleidezimmer öffnete und laut hu-hu hineinbrüllte.

Und dann kamen die beiden Freundinnen heraus. Susi hatte nun ein schwarzes langes Kleid an. Sie sah wunderschön aus. Ja, auch für mich Stöpsel von vier Jahren war sie wunderschön. Alle sahen sie bewundernd an, sie hatte sich auch geschminkt, erzählte Mama, und alle bemerkten, wie die Augen des Herrn von der SS immer größer wurden. Der hatte nur mehr Augen für ihre blonden, langen Haare und das Dekollete. Da stand er auf, er hatte inzwischen seinen Rock abgelegt, griff in die Seitentasche seiner Jacke und zog eine Schachtel heraus. Er nahm Susi bei der Hand, führte sie zur Türe zum Vorzimmer, stellte sich hinter sie, so dass beide mit dem Rücken zu uns standen, und sagte: „Augen zu!“ Dann, er war ja ein Riesenlackel von einem Mann, legte er seine Hände um ihren Hals und sagte: „Augen auf und umdrehen.“ Befehlen konnte er ja gut.

Jetzt war es noch stiller im Raum geworden als zuvor, als Susi zurück ins Wohnzimmer gekommen war. Sie trug um ihren Hals ein Kollier. Das sah aus, als wäre es von einer Königin. Es war voll mit Brillianten und Smaragden. Ich weiß, wie es aussieht, denn nach dem frühen Tod Susis hat es Mutter geerbt. Und irgendwann werde ich es einmal erben. Es soll mindestens zwei Millionen Schilling wert sein. So schätzte man den Rufpreis für eine mögliche Versteigerung beim Dorotheum ein. Aber, weißt Du, ich will das Kollier gar nicht sehen. Es erinnert mich an meine liebe Tante Susi und dann kommen mir noch Gedanken, woher hatte der fesche Hans dieses Schmuckstück? Gekauft wohl nicht. Dazu reichte sein Einkommen sicher nicht. Es gab über ihn nach dem Krieg Gerüchte, dass er Juden die Flucht versprochen hatte, gegen Bezahlung. Von denen soll aber keiner je die Freiheit gesehen haben. Doch ich werde von diesem Weihnachtsabend weiter erzählen, auch wenn mir jetzt gar nicht danach zu mute ist.
„Das ist mein Weihnachtsgeschenk an Sie, chère Mademoiselle Susanne“ (natürlich sagte er Süsann, da habe ich aber geschaut, und das habe ich mir tatsächlich gemerkt, so beeindruckt hat mich das, denn die Susi war auf einmal eine „Süsann“), „da Sie mir die Freude gemacht haben, uns heute die Ehre Ihrer Anwesenheit zu geben.“ Auch bei ihr beugte er sich über ihre Hand und küsste diese. Etwas merkte man ihm dabei schon die Schwierigkeiten an, im Gleichgewicht zu bleiben.
Damit lud er alle zu Tisch. Monika war bleich geworden, sie konnte nichts sagen. Es schien so, als hätte er das Geschenk für sie mitgebracht, da er es doch aus der Uniformjacke gezogen hatte. Jetzt hatte es ihre Freundin bekommen. Sie ging zur Küchentüre und rief Lena, die Speisen zu bringen. Hans hatte nun, mit einem lauten Knall, der mich erschreckte, eine Flasche Champagner aufgemacht. Allen schenkte er ein, rief laut Gesundheit, und trank sein Glas sofort in einem Zug leer.
Jetzt stand Susi auf und sagte: „Herr Obersturmbannführer, Sie sind so großzügig, aber bitte erlauben Sie mir, dieses Geschenk nicht anzunehmen. Ich bin eine einfache Angestellte, ich kann diesen Schmuck nirgends tragen, und ich glaube er steht Monika zu, die kann mit Ihnen ausgehen, da gibt es sicher Gelegenheiten dazu.“
Sie wollte den Schmuck abnehmen, doch er ging zu ihr und sagte mit etwas brüchiger Stimme:

„Ich bin zwar nicht der Älteste in unserer Gesellschaft, aber als Gastgeber erlaube ich mir allen das Duwort anzubieten. Ich bin hier der Hans, und ich bitte alle Damen, auch Sie gnädige Frau“ – damit meinte er die Großmutter – „mit ihrem Vornamen ansprechen zu dürfen. Und Sie liebes Fräulein Susanne (jetzt war sie wieder die Susanne, dachte ich) bitte ich meine Geschenke anzunehmen. Es ist ein Geschenk an Ihre Schönheit und Bescheidenheit. Ebenso gehört Ihnen das Kleid, das sie jetzt tragen und auch der Pelzmantel. Monika hat alles, was sie braucht, und sie wird mehr bekommen, als ich Ihnen je schenken kann.“ Und plötzlich kniete er vor Susi nieder, nahm ihre beiden Hände und küsste sie.
In diesem Moment lief Monika aus dem Zimmer. Hinter ihr krachte die Türe wie ein Schuss. Die kleine arme Lena in ihrer Angst wagte sich nicht zu rühren und hielt zitternd die große und schwere Suppenschüssel in den Händen. Sie konnte diese nicht länger halten, und anstatt sie auf dem Tisch abzustellen ging sie langsam in die Knie und stellte die Schüssel auf den Fußboden. Dann begann sie zu weinen, zitterte und stöhnte leise.
Hans ging zu ihr, gab ihr ein Glas Champagner, und sie musste es in einem Zug austrinken. Dann ging er zu Monika ins Nebenzimmer. Von dort hörte man eine laute Auseinandersetzung. Nach einigen Minuten kamen beide aus dem Zimmer. Monika hatte verweinte Augen, ging zu Susi, umarmte sie und sagte: „Nimm alles, was Dir Hans geschenkt hat. Ich habe mich dumm und eifersüchtig benommen.“ Oder so etwas Ähnliches.
Hans stand glücklich und entspannt da, öffnete die nächste Flasche, schenkte wieder allen ein, sagte fröhliche Weihnachten, meine Damen, trank wieder das Glas in einem Zug aus und begann die Suppe einzuschenken.
Es gab viele verschiedene Speisen. Ich wollte nichts davon, da ich nichts davon kannte. Zum Schluss brachte mir die Köchin Lena ein paar Frankfurter Würstel. Großmutter hatte bisher nichts gegessen, aber als sie die Würstel sah, bat sie auch um eines. Der Champagner hatte ihr Mut gemacht. Und sie bekam ihre Würstel. Das war für uns mehr Festschmaus als der Kaviar und der französische Käse. Wir kannten das doch alles nicht.
Dann begann die Bescherung. Hans war als Weihnachtsmann ein Profi. Alle Frauen bekamen teure Parfums, die es damals überhaupt nicht zu kaufen gab und die „meine Frauen“, also Oma, Mama und Susi, sicher noch nie gesehen hatten. Dann gab es noch Tücher und für Oma eine Weste, die ihr viel zu klein

war, aber aus Paris stammte. Mama bekam einen Hut und ich einen großen Karton. Hans setzte sich zu mir auf den Boden und öffnete die Schachtel. Drinnen war eine Miniatureisenbahn aus Blech. Er baute die Schienen zusammen, stellte die beiden Waggons darauf, drehte an der Lok mit einem Schlüssel, der auf der Seite herausschaute, und hängte die Lok an den Zug. Laut scheppernd fuhr – nun schon meine – Eisenbahn einige Runden, bis man das Federwerk der Lok wieder aufziehen musste.

Das war eine Riesenfreude, aber scheinbar nicht nur für mich, sondern auch für Hans. Der holte wieder ein Glas mit Champagner, doch bevor er trank, hielt er es mir hin und sagte, laut lachend: „Und wir zwei trinken jetzt Bruderschaft. Ich bin für Dich der Onkel Hans und Du bist der große Held der Zukunft, Gerhart, der Speer mit der harten Spitze, der Kämpfer für unseren Führer, der ihm in Zukunft und in alle Ewigkeit treu sein wird.

Heil unserem Führer Adolf Hitler, Heil dem kleinen Gerhart, Sieg Heil Deutschland. Nehmt alle ein Glas und trinken wir gemeinsam auf unseren geliebten Führer.“ Und das taten auch alle. Und wieder rief er, nun dreimal hintereinander: „Sieg Heil!“ Und alle Frauen wiederholten seinen Ausruf. Dann nahm er eines der Hakenkreuze vom Christbaum und befestigte es mit der Schnur an einem meiner Hemdknöpfe. „Möge dies Deine erste Auszeichnung sein, Du deutscher Held unsere Zukunft. Unser Führer braucht solche Jungen.“

Ich verstand kein Wort und ich habe mir von diesen Wörtern auch keines gemerkt. Ich gebe wieder, was meine Mutter oft erzählt hat. An die Szene aber kann ich mich sehr wohl erinnern.

Allen war der nun schon stark Betrunkene unangenehm. Großmutter sagte, dass sie müde sei und auch ich schon längst im Bett sein sollte. Er meinte darauf, gleich wäre es Mitternacht, der Nemecek soll kommen und mit seiner Trompete einmal in die Nacht hinaus blasen. Lena ging ins Parterre, er hatte ihr eine Flasche Sekt mitgegeben und einen Schinken. Sie kam mit Nemecek, dem Hausbesorger, der war im Schlafrock und in Hausschuhen, zurück. Jetzt wurden alle Lichter abgeschaltet und das Fenster zum kleinen Platz geöffnet, auf dem drei Straßen zusammenliefen. Nemecek blies, so fest ihm das noch möglich war, einige Töne ins nächtliche Wien. Hans schrie noch einmal Sieg Heil, nun auch zum Fenster hinaus. Unten auf dem Platz war ein Parteilokal der NSDAP. Nach dem Krieg war es ein kommunistisches, daran erinnerst Du Dich sicher. Da hingen diese großen

Stalinplakate. Was damals dort hing weiß ich nicht. Jetzt, zu Weihnachten, waren auch von dort unten Sieg Heil Rufe zu hören. Hans beugte sich weit aus dem Fenster und schrie immer wieder Heil, Heil. Monika zog an ihm an einer Seite und Susi an der anderen, denn die Beiden fürchteten, er könnte das Übergewicht bekommen und davonsegeln. Da wäre es halt mit einem Sieg nichts mehr geworden. Sie haben ihn gerettet, aber nur für einige Monate. Damit war der skurrilste Heilige Abend, der auch der erste war, der in meiner Erinnerung blieb, zu Ende.
In Erinnerung ist er auch „meinen Frauen" geblieben. Nur Mutter lebt heute noch. Doch Susi und Großmutter haben immer davon gesprochen. Susi hat von dem Moment an versucht Monika auszuweichen. Hans ist angeblich im April 1945 bei den Kämpfen um Wien ums Leben gekommen. Susi starb bei einem schrecklichen Unfall. Aber das weißt Du ja. Das wiederum hatte den baldigen Tod meiner lieben Omama zur Folge. Nur meine Mutter und ich leben noch und können über diese wahnsinnige Zeit berichten, wo die einen hungerten und froren und ein anderer Brillantenkolliers als Weihnachtsgeschenk verschenken konnte.
Ich habe Dir meine Erlebnisse und die Erzählungen darüber geschildert. Wenn das jemand in fünfzig Jahren liest, wird er die Geschichte vielleicht nicht glauben oder sie gar nicht verstehen.
Alles Gute für Dein geplantes Buch wünscht Dir Dein alter Volksgenosse Gerry, aus dem nicht die gehärtete Speerspitze für den Führer geworden ist, was ein Obersturmbannführer von ihm erwartet hat. Wahrscheinlich hatten wir alle ein Riesentrumm von einem Glück, dass alles so gekommen ist und nicht, wie es sich der Onkel Hans gewünscht oder auch nur selbst vorgespielt hat. Und weißt Du, manchmal glaube ich, der hat die ganzen Heilrufe nur von sich gegeben, weil er schon komplett besoffen war. Der musste doch gewusst haben, dass seine Zukunft schon vorbei war am 24. Dezember 1944. Und kann es nicht sein, dass er sich eben deswegen so besoffen hat? Und kann es nicht sein, dass er deswegen großzügig Geschenke verteilt hat, um zumindest bei einigen Wenigen als der „Gute Hans" in Erinnerung zu bleiben?

Kannst Du damit etwas anfangen – und will das überhaupt jemand lesen?

Dein Gerry

Gerhart Ohlers, Wien († 1994)

Versäumte Weihnachten

Der Mann, dessen Geschichte ich erzählen werde, Franz Neusiedler, war der Cousin meines Großvaters Ernst Neusiedler. Er wurde am 3. Dezember 1898 in Hausbrunn in Niederösterreich geboren.

Der Herausgeber und Autor der folgenden Geschichte

Wenig ist über den Protagonisten dieser Geschichte in unserer Familie bekannt, und kaum wurde über ihn je gesprochen. Ich selbst war noch Volksschüler, als ich von ihm hörte. Doch mehr als Andeutungen waren es nicht. Nur eben, dass es diesen Franz gegeben habe, und er seine Familie ins Unglück gestürzt habe. Sicher war, dass er damals nicht mehr lebte. Man sagte, dass er sich das selbst zuzuschreiben hätte.

Mit diesem Wissen, eher diesen geringfügigen Erinnerungen ausgestattet, stieß ich im Jahr 2008 wieder auf die Spur dieses biologisch entfernten – aber vielleicht doch nahen – Verwandten. Das hing mit dem Buch über meinen ehemaligen Religionsprofessor Johann Ruggenthaler zusammen, an dem ich damals arbeitete.

Franz war ein Kind aus einer armen Familie, wie es die Mehrheit der Kinder dieser Zeit war. Hausbrunn, sein Geburtsort, war hinsichtlich seiner Erreichbarkeit und Mentalität der Bevölkerung viel weiter von Wien entfernt, als er es heute ist. Da lagen Welten dazwischen und jeder Kilometer zählte ein Vielfaches eines

Gestapofoto des Franz Neusiedler von 1944.

heutigen, komfortablen Autokilometers. Sein Vater war Arbeiter, er selbst besuchte die damals erst einige Jahre existierende achtklassige Volksschule im Ort. Mehr an Bildung bekam er nicht. Mit 14 Jahren schickte man ihn nach Wien. Dort verdiente er als jugendlicher Hilfsarbeiter sein erstes eigenes Geld. Am 1. Weltkrieg schrammte er eben so vorbei. In der sozialen Stufe stand er tief unten. Daher schloss er sich bald der SDAP, der Sozialdemokratischen Arbeiterpartei, der Hoffnung des Proletariats an. Sie gab den Ausgebeuteten und Verspotteten Hoffnung und die Aussicht auf ein besseres Leben. Franz war bald unter den Privilegierten. Das waren jene, die einen gesicherten Arbeitsplatz hatten. In einem Magazin der Bundesbahnen Österreichs, damals BBÖ genannt, versah er seinen Dienst. Die Hoffnung blieb, das bessere Leben kam nicht. Im Gegenteil. Der Staat war dem Bankrott nahe. Es wurde geplant, dass die Bahnbeamten ihren Monatslohn auf Raten bekommen sollten. Das führte zum Streik. Dieser wieder zu einer Abstimmung im Parlament über das weitere Vorgehen der Regierung. Und diese wiederum, infolge von Unregelmäßigkeiten bei der Stimmenauszählung, zum langsamen Tod der Ersten Republik. Es war eine unruhige Zeit, die Demokratie war damals schwach auf der Brust.
Nach dieser Sitzung im März 1933 löste Bundeskanzler Engelbert Dollfuß das demokratisch gewählte Parlament auf, behauptete allerdings, es hätte sich selbst aufgelöst, und regierte ab dem 5. März diktatorisch. Daran anschließend ließ Dollfuß alle Parteien verbieten. Besonders die Mitglieder der SDAP, der KPÖ und der Nazipartei wurden verfolgt. Die meisten verloren ihre Arbeitsplätze. Und für die war es in Folge kaum möglich, andere Arbeit zu finden oder sie fanden bloß eine solche, die unter besonders schwierigen oder gefährlichen Bedingungen ausgeführt werden musste. Und die war auch meist noch miserabel bezahlt. Viele fanden auch nur als Tagelöhner Beschäftigung. Auch Franz, der Sozialdemokrat, stand bald auf der Straße und dann unter denen, die stempeln gehen mussten, also unter den Arbeitslosen.
Die Einleitung zu dieser Weihnachtsgeschichte ist nötig, um die weiteren Geschehnisse verstehen zu können. Nicht unwichtig dabei sind auch die besonderen charakterlichen und moralischen Eigenschaften des Protagonisten.
Wir wissen nicht genau, wie Franz seinen Lebensunterhalt in der Zeit des Austrofaschismus verdiente. Wir wissen nur, dass er nach der Annexion Österreichs durch Hitlerdeutschland 1938 seinen Arbeitspatz am Westbahnhof

wieder bekam. Er hatte wieder ein regelmäßiges Einkommen. Wer kann es ihm verdenken, dass er die Nationalsozialisten für Sozialisten, wenn auch von etwas anderer Art, hielt. Nichts weiter. Er – und viele, viele andere, die mancherseits gerne als böse, weil Mitläufer verleumdet werden und verachtet werden – dachten ebenso. Sie hatten einfach wieder bezahlte Arbeit. Die Last der totalen Armut und des Hungers war ihnen genommen. Und der Anschluss an Deutschland wurde – lange vor der Machtübernahme Hitlers in Deutschland – von *allen* österreichischen Parteien gefordert. Und zwar schon unmittelbar nach Ende des 1. Weltkriegs, 1918. So viele Nazis gab es in Wien gar nicht, wie damals am 15. März 1938 auf dem Heldenplatz dem Herrn Hitler zujubelten. Es war die neue Hoffnungsfreude auf ein besseres Leben. Und der da oben auf dem Balkon versprach eine bessere Zukunft. Man glaubte ihm und jubelte ihm zu. Auch heute wird wieder gejubelt. Gar nicht weit vom Heldenplatz entfernt. Wie wird man darüber in einigen Jahrzehnten urteilen?
Auch unser Protagonist, der langsam aber unaufhaltsam zum echten Helden dieser Geschichte und der Geschichte im Allgemeinen werden wird, schöpfte wieder Hoffnung. Vierzig Jahre würde er in diesem Jahr alt werden, und sein Leben schien endlich in geordneten Bahnen zu verlaufen. Er war wieder Bahnbeamter. Eine Behinderung nach einer Verletzung ermöglichte ihm nicht nur die Arbeit an diesem sicheren Platz, sondern auch eine Freistellung von der Einberufung zur Wehrmacht.
Einige Zeit lang blieb noch Hoffnung. Selbst dann noch, als die Zukunft, nach etwas mehr als einem Jahr, den Krieg brachte. Bewusst hatte er den großen Krieg von 1914 bis 1918 und den Untergang der Monarchie erlebt. Er, der schlichte Gläubige an den Sozialismus, erkannte diesen Krieg als das Urunglück der einfachen Menschen, denn er hatte den vorigen nicht vergessen und spürte seine Folgen noch immer. Er erkannte nun schrittweise, dass diese Art des Sozialismus den Frieden in der Welt nicht wollte und auch nicht das friedliche Leben des Einzelnen. Seine Umwelt veränderte sich mit der Dauer des Krieges rapid. Abrupt war das ab 1941, nach dem Überfall auf die Sowjetunion, spürbar. Zwei seiner Söhne waren schon an der Front. Das Leben wurde schwerer, die Lebensmittel knapper. Da und dort verschwand ein Kollege. Auf Fragen gab es Kopfschütteln. Plötzlich war ein Nachbar im Wohnhaus nicht mehr da. Und Kollegen sagten ihm: Franz, wir können die Familien dieser Kollegen, die

im Gefängnis sind oder im KZ, nicht im Stich lassen. Und als er dann erfuhr, dass da einer schon sein Leben gelassen hatte für die Sache der Freiheit, da beschloss er mitzutun.

Das tat er bei der gut organisierten KPÖ. Diese war, im Gegensatz zur Sozialistischen Partei, auf die Arbeit im Untergrund gut vorbereitet. Und sie blieb bis knapp vor der Kapitulation der Hitlerischen die führende Kraft des österreichischen Widerstandes. Dafür zahlte sie auch mit den meisten Leben ihrer Genossen. Franz war kein Mitglied der KPÖ, doch er übernahm die Aufgabe, für die Rote Hilfe Geld zu sammeln. Diese Mittel wurden dazu verwendet, Familien von Opfern der Gestapo beizustehen. Er war dazu bestens geeignet, da er in einem Magazin arbeitete. Dadurch hatte er Kontakt zu vielen und auch immer wieder anderen Kollegen, die zu ihm kamen. Diese Tätigkeit war ihm Herzensbedürfnis. Damit konnte er seinen Dank dafür abstatten, dass er nahe seiner Familie in Wien sein konnte und nicht in einem Krieg, den keiner, den er kannte, wollte, sein Leben aufs Spiel setzen musste. Er war einer, der immer versuchte anderen, die in einer schlechteren Situation waren, beizustehen.

Alle, die zu ihm ins Magazin kamen, bat er um Spenden. Er argumentierte gut und war erfolgreich. Die Meisten gaben gerne. Und wenn es auch nur kleine Beträge waren, oft nur Münzen, bis zum Wochenende brachte er immer wieder Summen in nicht geringer Höhe zusammen. Diese wurden an seinen Kassier abgeliefert. Der bekam auch von anderen Subkassieren Spenden. Nur der Kassier kannte die Subkassiere. Untereinander wussten sie nichts voneinander, selbst dann nicht, wenn sie einander dienstlich oder privat kannten. Diese Organisation der kleinen Zellen gewährte im Falle der Entdeckung die Sicherheit, dass nur wenige der Widerstandskämpfer voneinander wussten. Im schlimmsten Fall konnten nur kleine Zellen ausgehoben werden. Die Organisation funktionierte trotzdem weiter.

Franz kam seiner Aufgabe mit großem Enthusiasmus nach. Helfen wollte er denen, die schwächer waren und hilflos. Ihm waren diese Zustände nicht unbekannt. Als Bub, noch ein Kind mit 14 Jahren, musste er für einen Schundlohn schwerste Arbeiten verrichten. Und er konnte die Zeit nicht vergessen, als ihm die nicht legitimierte Regierung der Arbeiterhasser seine Stelle genommen hatte. Damals war er hilflos und verzweifelt. Von seiner Hände Arbeit zu leben war nicht möglich, da man ihm keine Arbeit gab.

Nun waren es Hitlers Sozialisten, die er für die Retter gehalten hatte. Die hatten nun Mehrkinderfamilien den Ernährer genommen. Es waren einfache Menschen, wie er einer war, die das Naziregime nicht anerkennen wollten, da sie, manchmal spät, wie er selbst, dessen wahre Ziele erkannt hatten. Da war eine Mutter; sie konnte ihren Kindern keine Milch kaufen. Sie hatte kein Brot für sie, da der Staat ihr nicht nur den Mann genommen hatte, sondern auch alle finanziellen Unterstützungen. Der Staat rächte sich an Kindern. Dagegen wollte er das Geringe tun, zu dem er in der Lage war. Es war überzeugt, dass es seine Pflicht war, Pfennig um Pfennig und Reichsmark um Reichsmark zu erbetteln. Wen er um Unterstützung bat, darauf achtete er nicht. Dazu war seine Denkweise zu schlicht, sein Vertrauen riesengroß. Er tat Gutes, ohne anderen zu schaden. Das war seine Überzeugung.

Im Jahr 1944 waren die Erfolge des großen Feldherrn aus Braunau längst vorbei. Umso mehr ging man gegen Gegner, auch die unbedeutendsten, vor. Und je mehr sich die Front den Reichsgrenzen näherte, umso mehr Denunzianten lieferten der Gestapo ihre Nächsten, ihre Schwestern und Brüder, aus. Und die Gerichte gingen mit immer härteren Strafen, selbst gegen unbedeutende Vergehen, vor. Besonders nach Stauffenbergs Attentat vom 20. Juli schnellte die Anzahl der Todesurteile rapid in die Höhe.

Im Juni 1944 wurde Franz Neusiedler von der Gestapo festgenommen. Über den Verräter wissen wir nichts. Erst kam Franz in das Polizeigefangenenhaus auf der Rossauerlände, im Volksmund Liesl (früher auf der Elisabethpromenade) genannt. Bei Verhören durch die Gestapo gestand er seine Tätigkeit. Er nahm an, diese wäre kein großes Verbrechen gewesen, da er bloß verarmten Familien hatte helfen wollen. Viel könnte ihm dabei nicht geschehen.

Die gerissenen Kerle der Gestapo wollten ihm erst freundlich und mit der Verheißung einer Strafminderung die Namen seiner Genossen entlocken. Die wollte er auf keinen Fall nennen. Lieber wollte er schon die volle Strafe auf sich nehmen. Da wurde man gröber, und nach Hieben und Tritten und anderen nicht eben feinen Methoden nannte er dann den Namen seines Kassiers. Aber auch als man ihn halb bewusstlos schlug, konnte er andere Namen nicht nennen. Er kannte einfach keine.

Als es den Gestapoleuten klar war, dass mehr aus ihm nicht herauszuholen war, kam Franz in das, heute Landesgericht I genannte Gebäude, im 8. Wiener Bezirk.

Am 31. Oktober wurde er dort vom Volksgerichtshof wegen Vorbereitung zum Hochverrat zum Tode verurteilt.
Erst kurz zuvor hatte er in einem Brief an seine Frau geschrieben, dass sie die Weihnachten wohl alleine werde verbringen müssen, denn in der Zwischenzeit waren auch seine beiden jüngeren Söhne zum Militär eingezogen worden.
Nach diesem Urteil sah alles anders aus. Einige Jahre Kerker hatte er erwartet, nun war ein Endpunkt gesetzt. Seine Frau verfasste ein Gnadengesuch. Sein Vorgesetzter bei der Bahn schrieb eines. Darin wies er darauf hin, dass Franz verleitet worden wäre und seine Tat bereut habe. Und dass er ein guter Nationalsozialist sei. Vor allem aber, dass er dem Führer vier Söhne geschenkt hatte, die an der Front kämpften. Den Führer hat das alles nicht beeindruckt. Offensichtlich war seine Angst vor dem Franz N. größer als seine Güte.
Doch Franz war zuversichtlich. Na gut, würde er diese Weihnachten im Kerker verbringen. Die Gnadengesuche würden lange Zeit bearbeitet werden, dachte er. Und dass sie abgelehnt werden könnten, das glaubte er nicht. Auch seine Zellenkameraden bestärkten ihn in dieser Meinung. Andere hatten bisher für ähnliche Vergehen vier oder fünf Jahre bekommen. Und er hatte doch gestanden. Das müsse ihm doch angerechnet werden. Der erste, der freundliche Gestapobeamte, hatte es ihm sogar versprochen. Bald wird dieser Krieg zu Ende sein und damit die Macht der Nazis. Zur nächsten Weihnacht wäre er dann auf jeden Fall wieder zu Hause. Also richtete er sich darauf ein, Weihnachten in einer Zelle mit anderen zu verbringen. Er nahm sich vor, an der Weihnachtsmesse teilzunehmen. Das sollte das erste Mal seit seinen Kindertagen sein. Wenn schon nicht zu Hause, dann zumindest besinnlicher sollte das Fest sein, als es in der trüben und kalten Zelle sein würde. Und für eine Stunde sollte die Messe Abwechslung bieten und Gesang und Zusammensein mit anderen.
Am 3. Dezember 1944 war sein 46. Geburtstag. Die Kameraden gratulierten ihm. Um zu feiern, gab es keine Voraussetzungen. Dieser Tag verging wie jeder andere im Kerker. Am nächsten Tag öffnete der Wärter morgens die Zelle. Unerwarteterweise war ein zweiter neben ihm. Dahinter stand der Gefängnisdirektor. Der sagte nur: „Gefangener Neusiedler vortreten!" Dann las er ihm vor, dass die Gnadengesuche abgelehnt worden waren. Die Schwere seines Verbrechens würde nicht einmal dadurch gemildert, dass er dem Führer vier Söhne im Feld zur Verfügung gestellt hatte. Zuletzt sagte der Direktor, ohne

den Gefangenen anzusehen und rasch, denn er war darin routiniert: „Das Urteil wird morgen vollstreckt."
Einer der Wärter legte ihm von hinten Handschellen an und sagte: „Mitkommen!" Das ging so schnell, dass er nicht zum Überlegen kam. Auch von den Zellenkameraden konnte er sich nicht verabschieden. Schon war er auf dem Gang, und die Türe wurde abgeschlossen. Der schwere und lange Weg zur Köpflerzelle, wie die Todeszelle im Gefängnisjargon genannt wurde, begann. Er konnte die Beine kaum heben, schlurfte dahin. Die Wärter ließen ihm Zeit, stützten ihn mehr, als sie ihn festhielten. Die waren froh, wenn einer fügsam mitging und ganz besonders darüber, wenn sie nicht einen führen mussten, der schrie oder sich wehrte oder sich schleifen ließ.
In dem Moment fiel ihm der Brief seiner Frau mit den Geburtstagswünschen ein. Darin schrieb sie auch, dass sie zu Weihnachten ganz besonders fest an ihn denken werde, so als wäre er bei ihr. Wie schrecklich diese Weihnachten nun für sie sein würden, fiel ihm ein. Und eben in diesem Moment erfasste er die wahre Situation, in der er sich befand. Es gab keinen Ausweg mehr und keine Zukunft. Alle anderen Gedanken waren wie eingefroren. Da fiel ihm ein, da vorne war die Zelle 289 mit dem Priester Johann Ruggenthaler, den er von der Liesl her kannte. Mit dem hatte er viel diskutiert über Gott und die Nazis und über die Sozialdemokratie, die er für mit dem Christentum verwandt hielt. Und Ruggenthaler, der war kein Pfaff wie andere, die er kennengelernt hatte. Der hörte zu, der hatte Antworten auf Fragen und er konnte trösten und Mut machen, obwohl er selbst in Todesgefahr war. Der machte keinen Versuch ihn zu bekehren. Der teilte seine Zigaretten mit ihm und ab und zu auch einen Apfel.
„Bitte, lasst mich einen Moment mit dem Hochwürden Ruggenthaler sprechen", bat er die Wärter. Sie sagten ihm, dass das nicht erlaubt sei, und er wusste das. Doch er sagte bittend, dass dies sein letzter Wunsch sei. Und den sollte man ihm doch erfüllen. Da öffnete der eine das Guckloch zur Zelle – mehr wagte er nicht – und rief: „Ruggenthaler, herkommen!"
Johann Ruggenthaler kam zum Guckloch und sah den armen Sünder, seinen früheren Zellenkameraden, in Handschellen. Da wusste er natürlich, wohin es ging.
„Hans", bat dieser, „es geht zu Ende. Ich möchte beichten."
Ruggenthaler war gerührt und von der Reue seines Kameraden überzeugt.[10] Eine richtige Beichte war in dieser Situation und auch aus Zeitgründen nicht möglich.

10 Siehe Kerkertagebuch Johann Ruggenthalers von 1944/1945.

Hans erteilte dem Reuigen, getrennt durch eine stählerne Türe, die Generalabsolution. Mit einer Art Knicks deutete Franz ein Niederknien an. Bekreuzigen konnte er sich wegen der angelegten Handschellen nicht.
Drei stumme und mit ihren eigenen Gedanken beschäftigte Männer gingen langsam den unumkehrbaren Weg weiter.
Am 5. Dezember 1944 wurde Franz Neusiedler im Parterre des Landesgerichtes I in Wien enthauptet. Knapp vor dem Heiligen Abend erhielt seine Frau ein Paket mit der Privatkleidung ihres Mannes. Dazu eine Mitteilung von der Ablehnung der Gnadengesuche und der Vollstreckung des Urteils. Angeschlossen war eine Rechnung über die Hinrichtungs- und die Bestattungskosten.
Am Gebäude der ÖBB-Zugförderungsleitung Wien-West ist eine Gedenktafel für die hingerichteten ÖBB-Bediensteten Josef Hala, Matthias Liska, Franz Neusiedler und Leopold Wölfel angebracht.

Herbert-Ernst Neusiedler, Wien, 2014

Gefreiter Weihnachtsmann

Der Autor wurde 1908 in Neunkirchen in Niederösterreich geboren. 1999 verstarb er in Wien. Von Beruf war er Büchsenmacher und Autoschlosser. Vor Beginn des Überfalls auf die Sowjetunion, 1941, wurde er zur Wehrmacht eingezogen. Bei Kriegsbeginn war er schon verheiratet und hatte ein Kind. Die Geschichte erzählte er im Jahr 1982, nach dem Tod seiner Frau.

Der Herausgeber

Die Einberufung zum Militär war ein schwerer Schlag, auch für meine Frau. Ich hatte sie nicht erwartet, da ich in einem Rüstungsbetrieb als spezialisierter Facharbeiter tätig war und angenommen habe, unabkömmlich zu sein. Ich dachte, das Leben wäre jetzt zu Ende. Alles, was ich in der kurzen Zeit von 1938 bis 1941 geschaffen hatte, wurde mir damit genommen. Vorher, besonders ab 1934, war ich immer wieder arbeitslos.
Wir frisch Eingefangenen, wie man uns nannte, kamen nach Deutschland, ins Altreich, wie das damals hieß, nach Bamberg, zur Ausbildung. Das Klügste, was ich damals machte, war, mich zu weigern, Stiefel anzuziehen. Ich hatte einen Senkfuß und konnte nur unter Schmerzen längere Strecken gehen. Trotz aller Drohungen vom Spieß blieb ich dabei und konnte mich durchsetzen. Man gab mir Schuhe, und ich musste nicht zur Infanterie. Das hat mir sicher das Leben gerettet, denn ich war bis zuletzt an der Ostfront.
Von Polen über Russland, Rumänien und Ungarn kam ich nach Schlesien und zum Schluss in die Tschechei. Auf dem Weg ins Altreich, wir, einige Kameraden und ein Offizier hatten uns im April 1945 von der Truppe abgesetzt, wurde ich von Amerikanern gefangen genommen.
Von 1942 bis 1944 war ich Fahrer eines alten Autobusses und auch die Ordonnanz unseres Leutnants. Da ich dieses Wrack von Autobus immer irgendwie reparieren und irgendwo auch Ersatzteile dafür auftreiben konnte, war ich unentbehrlich geworden. Unsere Gruppe bestand aus einem Leutnant, einem Unteroffizier und meinen Kameraden Walter und Fred. Alle außer mir waren Deutsche, aber wir hatten eine gute Kameradschaft.
Zu Weihnachten 1944 waren wir in Grünberg (heute Zielona Góra) in Schlesien gelandet. Wir hatten für den Nachschub für die kämpfende Truppe zu sorgen.

Nicht direkt, sondern wir sollten feststellen, was am dringendsten gebraucht wurde. Ob das jemals geliefert wurde, daran zweifle ich. Wir waren aber oft auch ganz vorne. Da musste dann der Leutnant beim Kommando Bericht über die kämpfenden Truppen vorlegen.
Von Rumänien kommend waren wir durch Breslau gezogen und hatten am Rande des kleinen Städtchens Grünberg Quartier bezogen. Den 24. Dezember 1944 wollten wir uns festlich gestalten. Mein Leutnant, jetzt schon Oberleutnant, wollte etwas für unseren eigenen Nachschub tun. Er ließ mir einen Marschbefehl ausstellen, mit dem ich in der Gegend herumfahren konnte, um etwas Essbares aufzutreiben, denn unsere Menage war seit zwei Jahren wenig und schlecht. Manchmal blieb sie auch ganz aus. Wir waren dann vollkommen auf uns selbst angewiesen. Ich bastelte mir eine Angel, und manchmal konnte ich damit auch ein paar Fische fangen. Einmal in Rumänien, wir hatten seit drei Tagen keine Menage bekommen, erschoss ich einen streunenden Hund. Ich habe ihn so zubereitet, dass alle glaubten, es wäre ein Kitz. Erst am Tag nach der Mahlzeit erzählte ich die Wahrheit. Keiner hat gemurrt. Im Gegenteil, alle waren dankbar.
Der Leutnant wusste, dass ich mich mit der einheimischen Bevölkerung, egal wo wir waren, immer gut verstanden hatte. Und jetzt waren wir schon im Reich, da würde es eher noch besser sein. Aber es gab auch kleine Wirtschaften, die von Polen betrieben wurden. Das waren mehr Keuschen. Aber Hühner, Gänse, Ziegen oder Schweine gab es überall. Und Geld hatten wir genug. Unseren Sold konnten wir ja nicht ausgeben. Die Geschäfte waren überall leer. Und wir Soldaten hatten ja keine Lebensmittelkarten. Wir wurden von der Wehrmacht versorgt. Das glaubte zumindest die oberste Führung. Aber je länger der Krieg dauerte, desto mehr haben die auf uns vergessen.
Irgendetwas konnte ich mit Freundlichkeit und kleinen Geschenken immer auftreiben. Ich fand immer leicht Kontakt zur einheimischen Bevölkerung, selbst im sogenannten Feindesland. Denn wirklich waren die Menschen in den Ländern, wo wir hinkamen, nicht meine Feinde. Wir kamen meist als Feinde, und manche trieben es besonders schlimm. Die nahmen den Ärmsten noch den letzten Rest, den sie irgendwo versteckt hatten, weg.
Der Leutnant hatte von zu Hause eine kleine Flasche Magenbitter als Weihnachtsgeschenk bekommen. Die bekam ich, um damit etwas einzutauschen. Die

zweite Währung waren selbstgestopfte Kommisszigaretten. Damit zog ich am 23. Dezember vormittags hinaus. Nach vier, fünf Stunden war ich zurück. In der Werkzeugkiste, gut zugedeckt, hatte ich zwei geschlachtete Hendeln, nicht mehr ganz jung, zwei recht fette geräucherte Würste und eine kleine Flasche, etwa einen halben Liter, selbstgebrannten Wodka. Den hatte ich dafür bekommen, dass ich einer Bäuerin half, den eben zusammengebrochenen Küchentisch zu reparieren. Männer waren keine mehr im Haus, die waren zu Schanzarbeiten eingezogen worden, sagte sie uns. Nägel, Schrauben, Draht und Werkzeug hatte ich ausreichend im Autobus. Und das zerbrochene alte Holzbein des Küchentisches wieder zum Leben zu erwecken, ihn sozusagen wieder aufzurichten, war beinahe eine Spielerei. Nach nicht einmal einer Stunde stand der Tisch wieder in der Küche wie eine Eins.

Die junge Bauersfrau busselte mich ab vor Freude, da sie wieder einen Tisch für Weihnachten hatte. Zu mehr war leider keine Zeit mehr, denn mein Marschbefehl war mit 16 Uhr begrenzt. Der Wodka wurde in Putzfetzen verpackt und kam in die Werkzeugkiste. Dann fuhr ich in Richtung Quartier. Neugierig kam der Leutnant in den Bus, um meine Beute zu begutachten. Er lachte bis zu den Ohren, als ich ihm das Versteck im Werkzeugkasten zeigte und ihm die Geschichte vom Küchentisch und der feschen Polin erzählte.

„Unser Ostmärker, der hat wieder einmal seinen Wiener Schmäh aus der Tüte gelassen und die Weiber weich geklopft. Das kann er, unser Tausendsassa."

Am 24. saßen wir zusammen in unserem Zimmer um eine kleine Fichte, die ich auch mitgebracht hatte. Die Hendeln waren im Rohr des Küchenofens gebraten worden und wurden nun dort warm gehalten. Die Hühner waren nicht mehr sehr jung, wie ich sagte, aber sie hatten dadurch genug Fett, um sie auch ohne Schmalz braten zu können. Nicht nur das ganze Haus roch davon, auch Kameraden schauten zur Tür herein, da der Geruch sich scheinbar kilometerweit ums Haus verbreitet hatte. Aber für so viele hätten die zwei Braten nicht gereicht. Wir konnten keinen einladen.

Als der Leutnant kam, begann ich zu servieren. Jeder bekam seinen Teil. Auch der Leutnant wollte nur so viel wie alle anderen. Als Überraschung hatte ich noch für jeden vier Erdäpfel gebraten, die ich nun aus dem Rohr herausholte. Das gab einen Sonderapplaus. Unser Braten war schön knusprig, aber leider zäh. Man darf sagen: sehr zäh. Der Leutnant fragte, ob ich die hätte schießen müssen,

denn das Messer hätte sicher Scharten bekommen von diesen Flughunden, wie er meine Beute in Anspielung auf den Hundebraten in Rumänien nannte.
Bevor wir mit dem Zerteilen der Stücke begannen, holte der Leutnant aus seinem Mantel eine Flasche Kognak heraus. Da staunten wir alle. Es war zwar kein französischer, aber selbst so etwas wie diesen ungarischen Weinbrand hatten wir seit Jahren nicht mehr gesehen. Wenn ich ehrlich bin, ich hatte so etwas überhaupt noch nie gesehen. Schon gar nicht getrunken.
Der Leutnant sagte, dass jeder von uns Fünf eine Portion davon bekommen werde. Dafür wird er die halbe Flasche spendieren. Die restliche Flasche bekommt unser Weihnachtsmann, der uns dieses Festessen beschert hat, damit meinte er mich, zur Aufbewahrung für späteren Bedarf. Denn Kognak ist auch eine Medizin, und wir wüssten nie, ob nicht einer von uns einmal darauf angewiesen sein könnte. Leider verbrannte diese Medizin im März 1945 samt unserem Autobus, der uns so viele Jahre Heimat gewesen war.
Jeder brachte seinen Becher und der Leutnant verteilte gerecht die Anteile. Dann stand er auf und sagte: „Hiermit ernenne ich den Gefreiten Moravec“ – er sagte immer Morawek, aber das war mir egal – „zum Gefreiten Weihnachtsmann. Er lebe hoch! Hoch! Hoch!“
Alle lachten und waren aufgestanden. Laut klang das dreifache Hoch in unserer kleinen Stube. Darüber freute ich mich schon, es war ja beinahe wie ein feierlicher Akt, wie eine Auszeichnung. Jeder machte einen anständigen Schluck, es war ja genug da. Ich war sehr gerührt und schon auch ein bissel stolz. Aber am größten war die Freude, als alle mein Essen, denn ich hatte ja wie immer für uns gekocht, lobten und die Teller zuletzt noch mit Brotstückerln ausputzten. Ich hatte für unser Luxusdiner meine versteckten Aluminiumteller hervorgeholt, damit wir nicht aus den Menagegeschirren essen mussten. Damit und mit dem weißen Leintuch auf dem Tisch fühlten wir uns alle wie bei einer Festtafel in einem Schloss. Manchmal, unterwegs, wenn ich ein paar Eier organisiert hatte, machte ich auch nur Palatschinken mit nix drinnen. Nicht einmal Zucker hatten wir. Aber immer noch besser als der Kommissfraß, den man uns immer öfter in das Menagereindl schüttete. Alle waren satt und nahmen noch einen Schluck des fast echten Kognaks. Der wärmte Herz, Hirn und Bauch und ein wenig, zumindest für kurze Momente, ließ er uns vergessen, in welcher Situation wir waren und wie nahe uns der Iwan schon auf den Fersen war. Dann holte ich die

¾-Violine hervor, die wir in dem Haus gefunden hatten. Gestimmt hatte ich sie schon vorher. Ein bissel krächzend und ein bissel nach den richtigen Tönen suchend – wie lange hatte ich denn keine Geige mehr in der Hand gehabt – spielte ich Stille Nacht … Einer nach dem anderen begann mitzusingen. Laut sangen alle zum Schluss, und mir fielen ein paar Tränen auf die alte Fidel.

Ernst Moravec bei der Reparatur „seines“ Autobusses, 1944 in Rumänien.

Das Lied war zu Ende, und plötzlich war es ganz still geworden im Raum. Das gute Essen, der Kognak und die Singerei hatten alle in eine besondere Stimmung versetzt. Es war so etwas wie ein Familiengefühl, das uns überkam. Und wir lebten auch schon so lange zusammen wie eine Familie. Das war gar nicht häufig, denn bei der kämpfenden Truppe gab es meist nur kurze Kameradschaften und Freundschaften. Die Überlebenchance war gering.

Einer nach dem anderen zündete sich eine Zigarette an. Von einem Moment zum anderen war nun die Stimmung von Feierlichkeit in Traurigkeit umgeschlagen. Es war, als ob nun jeder plötzlich für sich allein wäre mit seinen Gedanken. Irgendwie, als wollte ich die schwere Stille im Raum vertreiben, die uns alle bedrückte, griff ich in die Brusttasche meiner Bluse. Dort hatte ich mein altes schmieriges Geldbörsel, das mir meine Frau zum 30. Geburtstag in Wien geschenkt hatte. Ich nahm ein kleines Foto heraus und legte es auf den Tisch. „Meine Frau und mein kleiner Bub. Zum letzten Mal habe die Beiden 1942, vor fast genau zwei Jahren beim letzten Urlaub, gesehen“, sagte ich.

Und das wurde scheinbar wie eine Aufforderung verstanden. „Meine Frau und meine Kinder“, sagte der Unteroffizier Gerstmaier und zog auch ein Bild aus der Brusttasche.

Dann legte Fred ein etwas zerknittertes Bild eines Säuglings auf den Tisch: „Mein Junge“, sagte er, „im Januar wird er ein Jahr, aber ich kenne ihn nur vom Foto.“

Walter, unser Jüngster, sagte nur: „Meine Mutter“, als er sein Foto dazu legte. Dann rannen ihm ein paar Tränen über die Wangen. „Vater ist schon 41 gefallen.“ Die Stille war nun wieder zurückgekehrt. Wie um einander nicht ansehen zu müssen, starrten alle auf die Fotos auf dem Tisch. Jeder war wohl mit seinen Gedanken beschäftigt, aber alle warteten, was der Leutnant sagen oder tun würde. Der nahm noch einen Schluck aus seinem Becher. Dann zog er seine Brieftasche heraus und entnahm ihr ein Bild. Es war ein großes Hochglanzfoto. Er hielt es in der Hand, zeigte es in die Runde, so dass wir alle das hübsche junge Mädchen darauf sehen konnten. Er schaute nicht auf das Bild, sondern irgendwohin auf die Wand gegenüber.
„Meine Braut“, sagte er ohne eine Regung zu zeigen.
„Sie war meine Braut“, sagte er nun mit belegter Stimme. „Sie war aus Leipzig. Dort ist sie im vergangenen Jahr bei einem englischen Fliegerangriff verbrannt. Sie hat nicht einmal ein Grab.“
Er stand auf, steckte das Bild wieder an seinen Platz. Dann nahm er seinen Mantel und die Mütze, sagte: „Fröhliche Weihnachten!“ und ging hinaus in die kalte Nacht.
Wir saßen da und schauten einander wortlos an.

Ernst Moravec, Wien, 1982

Weihnachten im Wiener Landesgericht I

Der Autor wurde 1907 in Virgen, Tirol, geboren. Er starb 1959 in Wien. Er war katholischer Priester und Religionsprofessor an Wiener Schulen. Nach dem Einmarsch der Deutschen Wehrmacht wurde er im Mai 1938 verhaftet, da er gesagt hatte: ***Ich kenne nur einen Führer, und das ist nicht der in Berlin.*** Bald darauf kam er frei, wurde aber von der Gestapo beobachtet. Im Februar 1944 wurde er wieder verhaftet. Bis zum 7. April 1945 war er im Landesgericht I in Wien. Zuletzt, immer den Tod durch die Guillotine vor Augen, in einer Zelle mit dem Schauspieler Paul Hörbiger. Die folgende Erzählung stammt aus dem **Kerkertagebuch** des Autors. Dieses, ein Unikat aus dem LG I, wurde heimlich geschrieben und von einem Wärter hinausgeschmuggelt. Im Jahr 2009, zu seinem 50. Todestag, erschien die Monographie: ***„Brennen, um ein Licht zu entzünden“***. Darin wurde das Tagebuch veröffentlicht.[11] Für diese Ausgabe wurde der Text gekürzt. Die ursprüngliche Rechtschreibung wurde beibehalten. Einfügungen in eckigen Klammern stammen vom Herausgeber.

Der Herausgeber

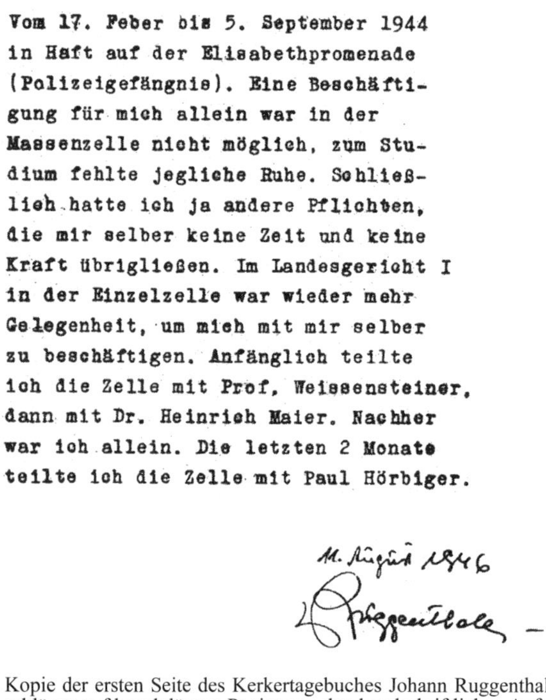
Vom 17. Feber bis 5. September 1944
in Haft auf der Elisabethpromenade
(Polizeigefängnis). Eine Beschäfti-
gung für mich allein war in der
Massenzelle nicht möglich, zum Stu-
dium fehlte jegliche Ruhe. Schließ-
lich hatte ich ja andere Pflichten,
die mir selber keine Zeit und keine
Kraft übrigließen. Im Landesgericht I
in der Einzelzelle war wieder mehr
Gelegenheit, um mich mit mir selber
zu beschäftigen. Anfänglich teilte
ich die Zelle mit Prof. Weissensteiner,
dann mit Dr. Heinrich Maier. Nachher
war ich allein. Die letzten 2 Monate
teilte ich die Zelle mit Paul Hörbiger.

11. August 1946

Kopie der ersten Seite des Kerkertagebuches Johann Ruggenthalers. Es wurde mit einigen Durchschlägen auf hauchdünnes Papier von den handschriftlichen Aufzeichnungen, die im Gefängnis gemacht wurden, abgeschrieben.

11 Vogel Verlag, Bisamberg bei Wien, Herausgeber und Mitautor: Herbert-Ernst Neusiedler.

ARTEN UND STUFEN DES WEIHNACHTSERLEBENS

19. Dezember 1944, Dienstag

Hans Ruggenthaler bei einer Rast beim Aufstieg zum Großvenediger.

Wenige Tage noch und es ist Weihnachten. Freilich nur der Zeit nach, denn Weihnachten mit dem Frieden Gottes gibt es in der Welt fast nicht mehr, weil die jetzige Welt auf keinen Erlöser gewartet hat, sondern sich selbst erlösen wollte. Darum ließ sie Gott in den Abgrund der eigenen Vernichtung stürzen, ließ sie im eigenen Haß vergehen – und Haß bringt Untergang!

Weihnacht! Feiert der Mensch auch sonst kein christliches Fest während des ganzen Jahres, so feiert er doch Weihnachten. Ich dachte heute darüber nach, wie verschieden ich doch schon Weihnachten gefeiert habe im Verlauf meines Lebens. Zuerst die Weihnacht des Kindes: Es *gab* ein Christkind! Aber es hätte doch kein Christkind im Glauben des Kindes gegeben, wäre keine *Gabe* dagewesen! Dann kamen Weihnachten der Jugend, die ich meist in der Fremde verbrachte. [Im Gymnasium Borromäum in Salzburg] Ich meinte sterben zu müssen, wie ein Verbannter, der in diesen Tagen seinen Himmel (das Elternhaus) verloren hatte und in Weh und Heimweh nach der Weihnachtsseligkeit des Elternhauses beinahe vergehen mußte. Später kamen die Weihnachten des Erwachsenen. Um den Baum sollte ein Kreis teurer und treuer Menschen sein. Geselligkeit war die Grundtendenz. Man wollte groß und glücklich sein in der Kraft der Gemeinschaft – groß und gehoben in der Liebe von Seiten der anderen.

Wie schön waren die Feiern im Kreis der Kinder oder der lieben Jugend! [Er widmete sich der Jugendseelsorge] Viel neue Kraft und geistiger Reichtum floß

daraus! Meine Weihnachten waren seit einiger Zeit nicht mehr die gemeinsamen Feiern. Mich trieb die Sehnsucht von allem fort – hin zur Einsamkeit bei mir allein.
Doch hätte ich in meiner Verwöhnung nicht geglaubt, daß mich mein Lebensweg auch noch zu einer letzten Art von Weihnachten führen wollte. Weihnacht 1944 – wo mir Gott alles genommen hat, was traditionell zum Feste dazuzugehören schien: kein Heim mehr, keine Familie, kein Kreis wohlwollender Menschen, ja nicht einmal ein Bäumchen oder ein Lichtlein! Statt des wohlig warmen Heimes die kalten, nackten Kerkermauern. Statt der Liebe die Einsamkeit, verstoßen, abgewiesen, heimatlos… Statt der Gaben alles genommen bis auf das nackte Leben, auch das noch bedroht, ja jeden Tag neu erbettelt und bedingt erhalten. So ist ringsum jedes Licht der Welt erloschen, jede Hoffnung, leben zu dürfen beinahe erstorben. Nichts ist mehr geblieben, auch nicht einmal mehr das leibliche Fortleben für Stunden garantiert – und jede Stunde kann das Signal zum gewaltsamen Abbruch des Lebens sein, das der Obrigkeit nicht wert erscheint, geschützt oder gesichert sein zu dürfen …
Vielleicht kommt diesmal das Christkind selber das erste Mal zu mir.

24. Dezember 1944, WEIHNACHTEN IM KERKER
Am Heiligen Abend hatte ich für einige Stunden gleichsam „Urlaub" vom Gefängnis. Es ist nicht an der Zeit, zu sagen, worin dieser Urlaub bestand. Jedenfalls geschah durch gute Menschen eine fast unmöglich scheinende Überraschung und Freude. Man sieht, was sich guten Willens innerhalb des engen und strengsten Rahmens vollbringen läßt.
Dann war ich wieder in der Einsamkeit der Zelle. Am Wandbrett eine schöne Spruchkarte, ein Christbäumchen auf Karton, davor ein Spöttelbild[12]: Maria mit dem Kinde. Und als Rahmen des Bildchens zwei winzig kleine Fichtenzweiglein. Davor ein Kerzlein. Als das Licht abgedreht war, zündete ich heimlich mein Kerzlein an. Es war nur schwaches Licht – aber es war mein Licht. Beim kurz darauf folgenden Kontrollgang mußte es schon wieder finster sein in der Zelle.

12 Gemeint ist Spötlbild. Das waren Heiligenbilder der Maria Spötl (1898-1953), einer Tiroler Malerin.

25. Dezember 1944, CHRISTFEST

Gleich nach dem Frühstück kamen die Fazis (Hausarbeiter) zur Tür geschlichen und sagten voll Freude: „Du, heute mußt du mit uns in die Kirche gehen … Wir setzen es beim Chef durch …"

Sie wußten es gut, daß mir der Kirchenbesuch schon zwei oder drei Mal von Berlin aus versagt wurde. Der Pfarrer holte gerade die Kirchengänger von den Zellen ab, und da wurde er in meiner Angelegenheit von allen bearbeitet, und ich hörte seine Antwort: „Nein! Und ich werde mich dafür strafen lassen!?" Er hat ja recht, er darf es nicht tun – auch wenn Christfest ist.

Nach einiger Zeit hörte ich von der Kirche her über die Gänge und durch meine schwere und dicke Tür die kräftigen Stimmen „Stille Nacht, heilige Nacht" und dann ein Segenlied singen … Ich lehnte den Kopf an die Tür, ja den ganzen Körper und mich selber – und horchte, horchte.

… Da war es mit meiner Kraft vorbei. Nichts in mir war mehr aufrecht. Da sank ich auf das Brett an der Wand, wie leblos. Das Brett fing nicht eine, sondern viele Tränen auf, wie ich es seit der Kindheit nie mehr oder überhaupt nie im Leben erlebte… Es war ein Hinsinken alles Menschlichen in seiner ganzen Ohnmacht und Verlassenheit vor dem menschgewordenen Gott in der Krippe. Und alles wozu das Herz fähig war, waren die Worte: „Kind, warum bist du so hart zu mir?!" …

Nie, nicht eine Stunde war ich schwach in meiner bitteren Haft, habe nicht nur meine eigene Last, sondern mit frohem und starkem Herzen die Last aller anderen getragen, sie aufgerichtet, wo und wie ich nur konnte – und habe mir nie anmerken lassen, daß ich selber auch zu tragen hatte … Man darf nicht vergessen, daß mir mein Beruf Inhalt des Lebens der Seele war! Einmal hatte ich eine unerwartete Entdeckung gemacht: von einem Gangfenster, das zufällig geöffnet war, erkannte ich die äußersten Spitzen unserer Kirchtürme [St. Brigitta im 20. Bezirk], das waren für mich Augenblicke heiligen Erlebens. Seit meiner Verhaftung im Februar 1944 hatte ich nie mehr eine Kirche gesehen, keinen Gottesdienst mehr miterlebt… Ja, einmal doch, da durfte ich mit einer Kniebeuge Christus begrüßen, vom Gang aus zur Kapelle hin.

Viele dürfen die Kirche besuchen, so dachte ich gestern nach, Verbrecher und Mörder haben die Erlaubnis, mir aber hat man meine Gesuche um Kirchenbesuch schroff abgelehnt. Ich will ja nicht gleich meinen Herzenswunsch erfüllt haben: einmal selbst wieder das Opfer darbringen zu dürfen. Aber nichts, gar

nichts von all dem! Ich weiß, daß ich nicht undankbar sein soll und darf, da doch der Herr zu mir kommt [damit ist die Kommunion gemeint], doch es geht an die Grenzen menschlicher Kraft, wenn man alles verliert, auf alles verzichten muß, woraus Herz und Gefühl und Gemüt des Menschen leben und Nahrung beziehen. Und wann sollte man dies mehr fühlen, wann sollte uns der Verlust all dessen mehr erschüttern, als gerade in diesen wunderbaren Tagen der Verbrüderung Gottes mit uns: am Weihnachtsfest, wo ich immer noch wie ein Verbannter, wie ein Ausgestoßener in der Zelle verblieb, während viele den Vorzug genossen [an einer heiligen Messe teilzunehmen], denen es aber kaum Herzenssache ist und die allem Übernatürlichem gegenüber halb oder ganz blind sind.
Das alles und noch viel mehr ging in kurzen Augenblicken mir durch die Seele und überwältigte die menschliche und durch vieles geschwächte Kraft in mir. Nur kurz war es, wie das ohnmächtige Weinen eines hilflosen Kindes. Das Christkind, das nachher persönlich in der hl. Kommunion zu mir kam, hat mich wieder getröstet und hat meine blinde Armseligkeit und Schwachheit beschämt. Es war alles wieder gut.

27. Dezember 1944, Mittwoch
In der Nacht von Weihnachten auf St. Stephan war schon wieder [Flieger]Alarm – und heute ebenso. Man kommt sich vor, wie von der Last eines schweren Steines erdrückt. Man darf nicht voraus denken, sonst könnte man es nicht ertragen. Man schleppt die Last Stunde um Stunde, und man kann sie nur deshalb tragen, weil man nicht weiß, wie lange der Weg ist, und wann die letzte Stunde schlägt. Viel leichter wäre ein zeitbestimmter Tod zu tragen, als die Ungewißheit des Ja oder Nein, **wodurch man den Tod nicht einmal, sondern ohne Ende erleidet**. So aber: Tod von oben [Bomben], Tod vor dem Ausgang [Guillotine], Tod im Hinausgehen [die SS plante alle Häftlinge zu erschießen] … nur nirgends eine Tür zur Freiheit und zum Leben.
Gestern erhielt ich ein praktisches Weihnachtsgeschenk, auf Umwegen eine dritte Decke. Sonst wachte ich immer auf in der Nacht. Doch heute hörte ich die Sirene nur so von ferne – so gut war mein Schlaf, da mich das erste Mal an den Beinen nicht fror. Das Fenster will ich immer offen halten, da man die frische Luft

zur Erholung der Atmungsorgane dringend nötig hat. Die Zelle wirbelt ohnedies den ganzen Tag vom Staub. Freut man sich in der Früh, daß man bei ein bißchen Wärme sich wohlfühlen kann, so ist nach 2-3 Stunden Alarm und bei offenem Fenster der Körper ausgefroren wie ein Stück Eis. Nach 10 Uhr vormittags friert selbst der Ofen bis wieder 8 Uhr früh. Bei Fliegeralarm werden die Türen fest versperrt, damit ja kein Flieger bei der Tür herein kann. Sozialer hat man noch nie gedacht...! Ach Gott, wäre dein Erbarmen und dein Schutz nicht stärker als alle barbarische Bosheit dieser Menschen – wer oder was bliebe uns da noch? Gibt das nicht auch zu denken: Eine 1000 kg Bombe fällt so ins Haus, daß fünf Aufseher tot sind, aber nicht ein einziger Gefangener: Gott, sei weiterhin unser Schutz und unsere Zuflucht! So vergingen die Weihnachten 1944 – voll Gnade, voll Weh! Gott sei für alles gedankt.

Johann Ruggenthaler, Dezember 1944

Nachwort

Am 5. April 1945 beschloss der Leiter des LG I das Gefängnis aufzulösen. Am südlichen und westlichen Stadtrand des damaligen Großwien gab es bereits Scharmützel mit der Roten Armee. Am 6. April wurde ein Transport von Häftlingen nach Stein zusammengestellt. Das löste einen Tumult unter den Häftlingen aus, die nicht zu Unrecht überzeugt waren, dass sie ermordet werden sollten. Es ging auch ein Transport nach Mauthausen ab. Wie sich im Nachhinein herausstellte, überlebte den nur der Priester und Komponist Raimund Weissensteiner (* 14.8.1905, † 12.7.1997), der in Hütteldorf aus dem Waggon fliehen konnte. Jene Häftlinge, die man nach Stein überstellte, wurden dort von der SS erschossen. Am 7. April kam es dann zu einer Gesamtauflösung des Gefängnisses im Wiener Landesgericht. Bei der Ausstellung der Entlassungspapiere und Ausfolgung der Zivilkleider kam es wieder zu Tumulten. Jeder wollte als erster draußen sein. Die Häftlinge hatten Angst, dass vor dem Tor die SS sie erschießen könnte. Paul Hörbiger versuchte beruhigend auf die Kameraden einzuwirken. Das gelang seiner Autorität auch.[13] Johann Ruggenthaler nahm nur seine Kleider entgegen. Er wollte nur weg. Zu Fuß ging er nach Hause in die Brigittenau. Da sah er, wie Wien innerhalb der mehr als 13 Monate seiner Haft zerstört worden war.

Als er in der Nähe seines Wohnhauses ankam, sah er, dass dieses eine Ruine war. Er traf dort eine seiner Schülerinnen und sprach sie an. Sie erkannte ihn nicht. Er wog keine 50 Kilo mehr, war schmutzig und unrasiert und hatte seinen Anzug zerknittert und zerschlissen zurückbekommen.

Nicht anders erging es Paul Hörbiger, der am Tag der Entlassung bei einem lieben Freund in dessen Wirtshaus einkehrte. Auch er wurde nicht erkannt, so abgemagert war er.

Der Herausgeber

13 Siehe Memoiren Paul Hörbigers: „Ich hab für euch gespielt“: Herbig Verlag, München, Berlin, 1997.

Ein Kind ward uns geboren

Eine Weihnacht in Sibirien

Jola, Jolanta O., lernte ich 1988 auf einer Kunstmesse in der polnischen Bezirkshauptstadt Poznań (Posen) kennen. Wir trafen einander auch nach Messeschluss mehrere Male. Sie war Malerin und lebte in Schlesien. Gemeinsam beschlossen wir damals ein Kinderbuch herauszugeben. Von ihr sollten die Zeichnungen sein, von mir der Text. Nach Ende der Messe gab es noch einige Male telefonischen Kontakt. Zwei Jahre später verstarb sie innerhalb kurzer Zeit an Krebs. Die folgende Geschichte hat sie mir erzählt, als wir bis zum frühen Morgen in der Hotelbar zusammen saßen. Ich gebe sie nun aus der Erinnerung, mehr als 25 Jahre sind seither vergangen, mit meinen eigenen Worten wieder.

Der Herausgeber

Jolanta erzählt:
Die folgende wahre Geschichte erzählte mir eine Frau in einem Spital – ihre Identität werde ich später bekanntgeben – kaum zwei Wochen vor ihrem Tod im Jahr 1984.
Mein Mann und ich lebten im Jahr 1939 in Ostpolen, dem früheren Galizien, in der Stadt Lemberg. Mein Mann war staatlicher Oberförster, ich war Lehrerin für Polnisch in einem Mädchenlyzeum der Stadt. Wir wohnten in einem schön gelegenen und komfortablen Forsthaus am Stadtrand. Am 1. September begann Hitler den Vernichtungskrieg gegen Polen. Da kamen bald Flüchtlinge aus dem Kampfgebiet zu uns. Manche zu Fuß und mit nichts als ihrer Kleidung am Körper. Manche waren auf der Durchreise, sie wollten nach Rumänien, manche blieben. Wir hatten ein junges Ehepaar mit zwei kleinen Kindern aufgenommen. Die fühlten sich bei uns in der schönen Umgebung wohl, und wir mochten die Kleinen sehr. Wir hatten keine Kinder, und es sah so aus, dass wir auch keine mehr haben würden. Ich war damals schon 41 Jahre alt. In der Zeit rechnete man in diesem Alter nicht mehr mit eigenen Kindern.
Schon nach etwa einer Woche zogen unsere Gäste weiter. Wir haben nie wieder etwas von ihnen gehört, obwohl sie versicherten, sie würden uns schreiben. Sonst merkten wir vorerst nichts vom Krieg. Wir gingen unserer Arbeit nach wie bisher. Vom Vertrag zwischen Hitler und Stalin über die Aufteilung Polen wussten wir nichts. Ich glaube, die ganze Welt wusste davon nichts.

Dann kam der Tag, an dem die Rote Armee in Lemberg einmarschierte. Hitler hatte diesen Teil unseres Landes den Russen überlassen. Einfach aufgeteilt, wie man einen Wecken Brot zerteilt. Wir waren nun wie Gefangene. Erst wurde ich nicht mehr in die Schule gelassen. Man sagte mir, dass ich nicht mehr unterrichten dürfe. Grund wurde mir keiner genannt. Bald wurde meinem Mann mitgeteilt, dass wir das Haus räumen müssten. Aber niemand sagte uns wohin. So blieben wir. Wir lebten nun in ständiger Anspannung und Furcht. Man hörte, dass die intellektuelle Schicht unseres Landes schrittweise vom sozialen Leben ausgeschaltet wurde. Wir hatten nun auch kein Einkommen mehr.
Im Januar 1940 kamen nachts, eher früh am Morgen, zwei Soldaten und ein ukrainischer Polizist in unser Haus. Der Polizist sagte uns, dass wir übersiedelt würden. Wohin wusste er nicht. Er sagte, dass er in einer Stunde wieder kommen würde, bis dahin hätten wir einen Koffer zu packen und dann mit ihm zu kommen.
Es war noch keine Stunde vergangen, da war er wieder da. Wir hatten in aller Eile und Nervosität und Angst, ohne dabei richtig überlegen zu können, Dokumente, Kleidung und etwas Essen, wir hatten ja keine Vorräte mehr, in je einen kleinen Koffer gepackt. Wir hatten keine anderen. Der Polizist wollte mir noch meine Handtasche wegnehmen, da diese nicht erlaubt sei, wie er sagte. Zuletzt stimmte er doch zu, und wir gingen mit ihm. Draußen stand ein Pferdefuhrwerk mit vier Erwachsenen und zwei Kindern im Schulalter. Auf dem Wagen war Stroh, da mussten wir uns draufsetzen.
Es war eisig kalt. Es wehte zwar nur ein leichter Wind, doch selbst der war kaum zu ertragen, besonders als sich der Wagen in Bewegung setzte.
Zum Glück hatte ich noch eine Decke über meinen Wollmantel geworfen. Mein Mann und ich setzten uns eng aneinander und legten die Decke über unsere Rükken. Das einzige, was uns geblieben war, waren wir beide füreinander. Wir waren zusammen, mehr hatten wir nicht mehr. Alle froren und zitterten, wohl auch vor Angst. Niemand der anderen auf dem Wagen hatte eine Ahnung, wohin es ging. Sonst wurde kein Wort gesprochen. Jeder war mit seiner Angst alleine. Bald waren wir am Bahnhof angekommen.
Eine sehr, sehr große Menge an Menschen stand dort zusammengedrängt vor einem Zug, der nur aus Güterwaggons bestand. Als wir darauf die Aufschrift „Polnische Staatsbahnen“ lasen, waren wir um eine Spur weniger besorgt, denn wir dachten, dass es nicht sehr weit gehen könnte. Denn so groß war der Rest,

der von unserer Heimat übrig geblieben war, nicht. Wohin es gehen sollte, konnten wir auch dort nicht erfahren. Der Polizist hatte uns abgeliefert und war nicht mehr zu sehen. Hinter uns waren nur Soldaten der Roten Armee, die einen Wall um uns alle dort Zusammengetriebenen bildeten. Und wenn ich dieses Bild vor mir wieder aufleben lasse, erscheint mir die Situation, in der wir waren, als hätte man eine Menge Vieh dort zusammengetrieben.
Es dauerte einige Zeit, bis wir aufgefordert wurden, in einen der Waggons zu steigen. Bald waren wir da drinnen zusammengedrückt wie in einem überfüllten Straßenbahnwagen. Nur gab es keine Sitzplätze. Auch hier lag Stroh auf dem Boden, genauso als würde man Vieh transportieren. Und nun fühlten wir uns auch so. Es wurde inzwischen hell und es schneite leicht. Nur drei oder vier Stunden waren vergangen, seitdem die Soldaten in unser Haus gekommen waren, in dem wir bis dahin glücklich und zufrieden gelebt hatten. Plötzlich gab es uns nicht mehr. Wir waren eine Zahl unter Zahlen. Wir hatten keine Namen mehr und keinen Wert.
Am hinteren Ende des Waggons stand ein kleiner runder Eisenofen. Sein Rohr war durch die Metallwand unseres Transportkäfigs, so nannten wir unseren Aufenthaltsraum auf Rädern später, gesteckt worden. Daneben lag etwas Kohle. Gott sei Dank, freuten wir uns, wenigstens gegen die schlimmste Kälte waren wir geschützt. Und wir waren ja viele in unserem neuen Zuhause, das ergab in Summe auch etwas Wärme. Wir würden wohl kaum lange unterwegs sein, denn der Kohlevorrat war nicht groß. Und der Rest Polens, in dem wir nun lebten, war es auch nicht.
Das alles waren Irrtümer, von denen wir am Beginn der Reise keine Ahnung hatten. Als wir die furchtbare Wahrheit erkannten, gab es keine Hoffnung mehr. Es gab keine Hoffnung mehr auf ein Leben, das nur annähernd unserem bisherigen gleichen würde. Mit dem Erkennen der Wahrheit wurde uns die Zukunft genommen. Stattdessen zeigte sich vor uns plötzlich und unerwartet der Tod – unter schrecklichen Vorzeichen und Ahnungen. Eine Umkehr war damit nicht mehr möglich.
Beinahe vier Wochen dauerte die Fahrt, doch das Kohlehäufchen war innerhalb von zwei Tagen verbraucht, und es wurde die ganze Zeit nicht ein Stück nachgeliefert. Meist täglich gab es die Hälfte oder auch nur ein Viertel eines russischen vierkantigen Brotes pro Person, manchmal warmen, manchmal kalten Kaffee. Jedenfalls nannten die Soldaten diese Flüssigkeit so. Dieses Zeug roch nicht

nach Kaffee und schmeckte nicht nach Kaffee. Es war eine schwarze, eher eine schmutzige grau-braune Flüssigkeit.
In Lemberg schien uns die Temperatur, damals etwa -20°, unerträglich. Doch sie sank von Tag zu Tag. Wir konnten sie natürlich nicht messen. Mein Mann und ich sprachen gut Russisch, und manchmal gab uns einer der jungen Soldaten Antwort auf unsere Fragen, und so erfuhren wir, dass es am Ende der Reise kälter als -40° geworden war. Wir hatten nichts anderes erwartet. Denn das, was wir nach der ersten Woche Fahrt schon vermutet hatten, bestätigte uns lachend ein junger Bursche, der das Essen brachte. Seine Antwort auf die Frage nach dem Ziel war: „Sibir!“, und das konnte jeder in jeder Sprache der Welt verstehen.
In Lemberg waren in unserem Waggon 39 Personen, darunter 12 Kinder. Bei der Ankunft waren wir nur mehr 31. Die Toten, darunter zwei Kinder, wurden beim nächsten Halt der Wachmannschaft übergeben. In einiger Entfernung von den Geleisen wurden sie abgelegt. Dort blieben sie liegen, bis wir weiter fuhren. Niemand weiß, ob die je begraben wurden. Ein Detail noch aus dem Zusammenleben im Zug war das eingebaute Klo. Es war einfach und technisch unkompliziert. Man hatte eine Öffnung in die Bodenbretter geschnitten. Erst verwendeten wir einen Jutesack, um dieses Loch während der Fahrt abzudecken. Später legten wir noch den zerschlissenen Mantel eines verstorbenen alten Mannes darüber. Der hielt den eisigen Zugwind besser ab, der während der Fahrt die Kälte in unserem Komfortcoupé noch verschlimmert hätte.
Nun überspringe ich einige Jahre, die uns so Unvorstellbares an Leid, Arbeit, Krankheiten und Hunger bescherten hatten, dass ich nicht in der Lage bin, darüber zu berichten. Im Jahr 1944 hatten wir uns alle, die noch am Leben waren, und es waren immer weniger geworden in diesen Jahren, so gut es möglich war, eingelebt. Eigenartigerweise ist der Trieb zu überleben stärker, als der aufzugeben, auch wenn das Leben noch so sinnlos ist und man weiß, dass es niemals besser werden kann und man unter den gegebenen Umständen nur mehr eine kurze Zeit hat, zu überleben.
Wir arbeiteten und lebten an einem Platz, der eigentlich keinen Namen hatte. Die Russen nannten ihn Lesopilka, was soviel heißt wie Sägewerk. Es waren dort zwei Sägewerke und eine Fabrik, die einfache Möbel erzeugte. Rund um uns war nur Wald. Mein Mann war als Holzfachmann in einer besseren Situation als andere. Tatsächlich als alle anderen. Am Schlimmsten traf es Intellektuelle, die

nie physische Arbeit verrichtet hatten. Die nicht einmal wussten, wie man einen Hammer oder eine Axt hält. Von einem Tag zum anderen mussten sie schwere körperliche Arbeit leisten. Viele verletzten sich dabei selbst. Die meisten starben bald. Ein Beinbruch oder auch nur eine schwere Verletzung mit der Axt überlebte keiner lange. Für uns Sklaven gab es keinen Arzt.
Für Sonderarbeiten hatten wir vom Leiter des Sägewerks raue Bretter schlechterer Qualität mit Astlöchern und Bruchstellen bekommen. Damit bauten wir uns eine Hütte. Es war bloß ein Raum, den wir an einen Schuppen des Sägewerks anbauten. Damit ersparten wir uns eine Wand. Die Bretterwand war nicht dicht. Der Wind blies den feinen Schnee durch Spalten und Ritzen. Mein Mann dichtete diese innen und außen mit Moos ab, das er in einem Sack aus dem Wald heimbrachte. Diese Stellen wurden dann mit lehmiger Erde verschmiert.
Drinnen hatten wir einen kleinen selbstgemauerten Küchenherd, den wir mit Holzabfällen beheizten. Richtig warm wurde es nie. Aber Kälte leiden, wie andere unserer Landsleute, die zusammen in zugigen Baracken lebten, mussten wir nicht. Mein Mann war ein geschickter Handwerker. Er fertigte auch für die russischen Lagerleiter und den Vorarbeiter des Sägewerkes Tische, Betten und Sessel an. So bekam er oft Sonderrationen an Getreide, Zigaretten oder Tabak. Letzteres konnte man gegen Lebensmittel tauschen oder dafür Holzabfälle, Bretter, Nägel und Zündhölzer bekommen. Und man mag es heute nicht glauben, Zündhölzer waren im Lager so wertvoll wie Gold.
Der Winter 1944 war besonders kalt und schneereich. Die Bäume wurden mit der Hand gefällt. Entweder mit Zugsägen, an deren Enden jeweils ein Mann zog, aber auch mit Äxten. Das kostete alle Kräfte. Und Kräfte hatte keiner mehr von diesen ausgehungerten Skeletten. Heute kann sich sicher kaum mehr jemand vorstellen, dass weit über hundertjährige Fichten umgehackt oder auch nur mit der Hand umgeschnitten werden. Der tiefe Schnee machte es schwierig, die Stämme zum Sägewerk zu bringen. Nicht nur die Pferde wurden von den Aufsehern brutal geprügelt, getreten und angetrieben, auch die Menschen mussten, oft genug unter Schlägen und Tritten, mithelfen, die schweren Stämme zu ziehen. Mensch und Tier hatten an Hunger und Kälte zu leiden. Die Pferde waren oft richtige Klepper, denen die Rippen durch die Haut schauten. Und die Menschen sahen wohl nicht anders aus, hätte man unter ihre oft nur dünnen Stoffkleider schauen können. Beinahe täglich starben Menschen wie Pferde an Hunger und der Schwerstarbeit.

Es kam die Weihnachtszeit. Von Advent will ich gar nicht reden, denn es hätte bedeutet, dass wir etwas Schönes, vielleicht auch Feierliches erwartet hätten. Wir waren immer nur froh und, unglaublich aber wahr, immer noch dankbar, einen weiteren Tag erlebt zu haben. Geschenke hatten wir keine, die wir einander hätten geben können. Ich hatte aber aus den Roggenkörnern, die wir gespart hatten, Mehl gemahlen und es mit etwas Maismehl vermischt. Weihnachtskuchen würde das keiner werden, aber ein frisches Brot sollte unser Weihnachtsmahl an diesem Abend sein. Das im Gegensatz zu dem harten und ungewürzten russischen vierkantigen Brot, das wir zugeteilt bekamen. Da war auch manchmal schon verschimmeltes dabei. Ich entfernte die äußere Hülle, denn Rinde hatte dieses Brot nicht. Dann schnitt ich es in Scheiben und bähte es auf der Herdplatte. Dieses Rösten verbesserte den Geschmack und damit hoffte ich den Schimmel abzutöten.
Der Heilige Abend war ein Sonntag. Wir hatten ausnahmsweise frei. Ich hatte schon am Vorabend begonnen den Teig zuzubereiten. Mein Mann hatte den Zipfel einer großen Fichte aus dem Wald mitgebracht, das war unser Weihnachtsbaum. Ein kleiner Kerzenstumpf stand daneben. Er sollte für einige Minuten unser Weihnachtslicht sein. Denn Kerzen waren ebenso ein Schatz wie die vorher erwähnten Dinge. Normalerweise reichte das Licht des Feuers im Herd, das durch die nicht vollständig dichten Türen schien, als Beleuchtung für unsere Stube. Petroleumlampen hatten nur die russischen höheren Aufseher oder die Offiziere, die für die Bewachungsmannschaft zuständig waren.
Mein Mann und ich waren glücklich und freuten uns wie Kinder, als das frische Brot auf einem emaillierten Blechteller auf dem Tisch lag. Aus einem Stück eines braunen Papiers hatte ich eine Art Serviette geschnitten. Das war die Zierdecke unter dem Brotteller. In der Ecke auf dem Hocker, auf dem sonst unsere Waschschüssel stand, war der Baum in einem richtigen Christbaumkreuz, das mein Mann aus Spreisselholz zusammengenagelt hatte, aufgepflanzt. Der Baum war sogar geschmückt. Aus dem braunen Papier, dem Rest eines Zementsackes, hatte ich einige Engel- und vogelartige Figuren ausgeschnitten und an die Zweige gehängt. Am Wipfel war der Weihnachtsstern aus Karton befestigt. Obwohl ich bemerkte, dass der mehr einem Sowjetstern ähnelte, ließen wir ihn trotzdem an seiner Stelle. Rot bemalt war er ja nicht. Für uns beide war es der Stern von Bethlehem. Davor brannte jetzt der armselige Kerzenstumpf, unsere Weihnachtskerze. Der ganze Raum war erfüllt vom Duft des frischen Brotes auf dem Tisch, dem Duft der Fichte

in der Ecke und dem Duft des Holzfeuers im Ofen. Es roch nach Weihnachten. Und wir fühlten, es *war* Weihnachten, und waren glücklich. Wir waren glücklich und dankbar, ja tatsächlich dankbar, es so gut zu haben und zusammen in einem eigenen Haus, das in Wahrheit nur eine Bretterbude war, den Heiligen Abend und Christi Geburt feiern zu können. Unter dem Bett hatten wir einen kleinen, eher winzigen Lebensmittelvorrat. Es waren zwei Dosen mit Sardinen in Öl. Die wollten wir heute mit dem frischen Brot verspeisen. Die größte Freude war uns sicher die Vorfreude auf den Genuss des frischen Brotes, das vor uns auf dem Tisch lag.
Es war noch nicht spät, aber schon dunkel. Ich überlegte, ob wir versuchen sollten, eines unserer polnischen Weihnachtslieder zu singen. Ob uns das noch gelingen würde? So viele Jahre waren wir hier. Nie konnten wir bisher einen Heiligen Abend feiern und nie haben wir bisher zusammen gesungen. Nie gab es dazu Gelegenheit, nie eine solche feierliche stille Freude wie am heutigen Tag. Wir fühlten uns, es waren nur einige Minuten, beinahe so glücklich wie am Beginn unserer Ehe.
Da hörten wir draußen knirschende Schritte im Schnee. Ich fürchtete erst, man würde uns zu einem Sondereinsatz im Sägewerk holen. Möglich wäre das gewesen. Da ging auch schon die Türe auf, und herein kamen zwei fremde Soldaten. Es waren ungewöhnlich große Männer, und ich kannte sie nicht. Sie waren nicht von den Wachsoldaten, die wir alle kannten. Beide mussten sich beim Eintreten tief bücken. Sie hatten nicht geklopft und sie sagten kein Wort. Ich sah sofort, dass beide auf das Brot auf dem Tisch starrten und ich sah auch, wie sie danach einander ansahen. Um unser Brot zu retten, wollte ich das Messer nehmen und jedem eine Schnitte geben, wie zur Begrüßung, wie das in Russland üblich ist. Doch mit einem Griff hatte der eine das Brot an sich genommen, roch daran und steckte es sofort unter seinen Lammfellmantel, der bis zum Boden reichte. Ich konnte kein Wort sagen. Mein Mann, der neben dem Ofen saß, rührte sich nicht. Was hätte er auch tun können? Stumm wie sie gekommen waren, gingen sie wieder zur Tür. Der erste drehte sich aber wieder um, so dass auch der, der das Brot genommen hatte, stehenbleiben musste, und kam zum Tisch zurück. Er griff in seinen Pelzmantel und begann langsam und vorsichtig ein Stoffbündel herauszuziehen. Mir war schon beim Eintreten der Beiden aufgefallen, dass sich unter dem dicken Fell etwas bewegte, und ich meinte auch ganz leises Wimmern wie von einer jungen Katze oder einem Hund zu hören.

Er hatte nun das Bündel aus Stoff unter dem Mantel hervorgezogen. Seine dikken Fellfäustlinge hatte er vorher ausgezogen. Nun legte dieser Riese mit seinen wahrlich großen Pranken vorsichtig und betont zart sein Geschenk vor mir auf den Tisch.
„Wam!" sagte er, „für Euch!" Das man richtiger in der umgangssprachlichen Form: „Da habt's" übersetzen müsste. Dann stapften die Beiden mit unserem Weihnachtskuchen, einem frischen Brot, in die eisige Winternacht hinaus. Nach ein paar Augenblicken war von ihnen nichts mehr zu hören. Wie gebannt schauten wir beide auf den leeren Teller in der Mitte unseres Tisches und dann auf das Geschenk, das uns die Beiden dagelassen hatten.
Im Bündel war ein Kind, ein winziger Säugling, etwa vier Wochen alt. Er war gut ernährt, gesund aussehend, bloß etwas schmutzig, wie auch die Fetzen, die um ihn gewickelt waren. Es war ein Mädchen. Es war ein liebes kleines Mädchen. Wir hatten ein kantiges Stück Brot gegen ein Christkind eingetauscht.

Jolanta O., † 1990 in Wrocław (Breslau)

Jola trank nun den letzten Schluck aus ihrem Glas. Sie sah müde aus und schaute mich nicht an. Sie blickte irgendwohin auf den kleinen Tisch vor uns. Ihre Gesichtszüge waren in der dämmrigen Barbeleuchtung kaum zu erkennen. Sie wischte sich mit dem Handrücken über die Augenwinkel. Dann sagte sie langsam und kaum hörbar: ***„Das Kind war ich."***

Der Herausgeber

Erfolgreiche Herbergssuche

Ergänzende Geschichte von den Weihnachten 1945

Diese Erzählung zum Ausklang der Weihnachtsgeschichten stammt, und das ist nicht unbeabsichtigt, aus dem Jahr 1945. Der Glaube, hier nicht für eine Religion stehend, hatte über den Willen gesiegt. Der Stern von Bethlehem leuchtete wieder hell in jenem Jahr, als der schrecklichste aller Kriege zu Ende gegangen war. Die folgende Erzählung stammt aus dem Buch des Herausgebers „ZEITENBRÜCKEN, Teil 1“[14], in dem er Kindheitserinnerungen wiedergibt. Der Text wurde für diese Ausgabe geändert und ergänzt. Diese Geschichte soll ein hoffnungsvolles Fest zeigen, im Gegensatz zu dem von 1944. Die materielle Lage war schlechter geworden, aber die Hoffnung war gewachsen, und die große Gefahr, den Tod täglich vor Augen, war gewichen.

Der Herausgeber, hier auch Autor

Mit meiner Mutter wohnte ich nach Ende des Krieges wieder in unserer Wohnung im zweiten Bezirk in Wien, in der Pazmanitengasse 14. Als wir im Mai 1945 dort wieder einzogen, war die Wohnung unbeschädigt und unbewohnt. Das war gar nicht so selbstverständlich. Denn unbewohnte Wohnungen wurden an Ausgebombte vergeben. Die Kriegszeit verbrachten wir teilweise in Sauerbrunn im Burgenland und das Kriegsende in Berndorf im Triestingtal. Von meinem Vater wussten wir nichts. Der letzte Brief von ihm stammte vom Jänner 1945. Er erreichte meine Mutter jedoch erst im Juni dieses Jahres, da er an die Adresse nach Sauerbrunn geschickt worden war.

Wien war trostlos zu dieser Zeit. In unserem Bezirk waren sehr viele Häuser ganz oder teilweise durch Bomben oder durch die Kampfhandlungen im April 1945 zerstört worden. Ich mochte die Wiener Wohnung nicht. Das war nicht mein Zuhause. Ich war das freie Leben im Grünen in Sauerbrunn und später auf dem großen Hof bei meiner Großmutter gewohnt, wo es – damals leere – Pferdeställe gab. Ihr verstorbener Mann, der nicht mein Großvater war – dieser lebte auch nicht mehr – war Fuhrwerker gewesen. Nur die Stallungen waren geblieben und altes Stroh. Die Boxenwände und alle Türen waren herausgerissen und verheizt worden. In Wien war alles grau und schmutzig. Überall lagen Trümmer und

14 Vogel Media Verlag, 2009, Bisamberg bei Wien. Das Buch ist vergriffen.

Schutt. Der Wind, und den gibt es in Wien ja ständig, wirbelte Staubwolken auf. Ich verbrachte die meiste Zeit in der Wohnung. Da saß ich am Fenster, schaute in den Hof, solange noch ein paar Sonnenstrahlen bis zu unseren Fenstern drangen. Manchmal kamen Musikanten, um ein paar Groschen oder Pfennige zu verdienen. An einen erinnere ich mich besonders. Es ging auf Weihnachten zu und war schon sehr kalt. Er packte seine Geige aus und spielte. Fenster öffneten sich und Frauen schauten heraus. Das Besondere an diesem Geigenspieler war, dass er seine gestrickten Wollhandschuhe beim Spielen anbehielt. Bis heute wundert mich, wie er damit spielen konnte und ich meine, er spielte gut, denn am Ende warfen alle – oder fast alle – Pfennigmünzen, die auch noch in der Schillingzeit gültiges Zahlungsmittel waren, in Zeitungspapier eingewickelt, in den Hof. Mit einer Verbeugung und dem „Danke schön, danke sehr!“ hob er die Papierln auf. Wenn er ging, applaudierte das Auditorium an den Fenstern. So einfach waren Menschen zu unterhalten in dieser Zeit.

Meine Großtante Josefine, die jüngste Schwester meines Großvaters, wohnte im selben Stockwerk wie wir in einer Wohnung mit einer winzigen Gangküche und einem Wohn-Schlafzimmer. Das war, nach meiner heutigen Erinnerung, nicht größer als 4x5 Meter. Es hatte zwei Fenster zu einem grünen Hof, der an ein Nachbarhaus grenzte. Dort stand ihr Stolz, ein Feigenbaum, der immer blühte und – wenn auch nur grüne – Früchte hatte. Die sonnige Lage zwischen Mauern, die zur Südseite war nur etwa zwei Meter hoch, dadurch war dort viel Sonne, schuf ein Kleinklima, das dies ermöglichte.

Es war Advent, doch von meinem Vater gab es kein Lebenszeichen. Mir fehlte er nicht, denn ich kannte ihn nicht. Die Tante tröstete meine Mutter, dass er noch am Leben sein musste, anderenfalls hätte sie eine Todesnachricht erhalten. Er sei sicher in Gefangenschaft und werde sich bald melden.

Tante Josefine war kompromisslos katholisch und tief gläubig. Sie stammte aus einer Großbauernfamilie aus Westungarn, dem späteren Burgenland. Ihr Vater, mein Urgroßvater, der lange vor meiner Geburt schon nicht mehr lebte, war, eher aus Gründen der Anpassung an die Umgebung, katholisch. Sie versuchte in dem Haus, in dem wir wohnten, christliche Bräuche aufrecht zu erhalten. Das war gar nicht so schwierig, denn unser Haus war wie ein kleines Dorf. Einer kannte den anderen. Familiengeheimnisse gab es kaum. In der harten Nachkriegszeit half einer dem anderen.

Tante Josefine, auch Peppi-Tant genannt, hielt den Brauch der Herbergssuche aufrecht. Während des Advents kamen die Herbergsuchenden täglich zu einer anderen Familie im Haus. Sie trugen ein Bild mit der heiligen Familie und klopften an die Türe der Herbergsfamilie. Drinnen war der sogenannte Wirt, der sang mit Baritonstimme: „Wer klopfet an?"
Von draußen kam die zweistimmige Antwort: „O zwoa goa oame Leit."
Doch der Wirt ließ sie nicht ein. Erst bei der dritten Bitte öffnete er die Türe und nahm die Familie mit ihrem Kind in Form des Bildes auf. Dieses wurde auf einen vorbereiteten Hausaltar gestellt. Alle, die mitgehen, kamen in die Wohnung. Hier wurde gebetet. Ein kleiner Imbiss war vorbereitet. Zur Adventzeit 1945 war der sehr klein und bescheiden. Mehr als ein Stück Keks pro Kind gab es nicht. Für die Erwachsenen reichte es meist nicht.
Tante Josefine drängte meine Mutter auch die Herbergssuche zu empfangen. Einige im Haus hätten schon zugesagt. Doch der Aufwand war meiner Mutter zu groß. Die Wohnung musste von oben bis unten sauber gemacht werden. Seit sieben Jahren war nicht mehr ausgemalt worden, Verputz bröckelte ab. Die Wohnungseinrichtung war alt und schäbig, und mitten im Zimmer standen zwei Ehebetten. Das Kabinett war eher ein Abstellraum. Und sie hatte auch nicht den Kopf dazu. Sie wusste nicht, ob ihr Mann, mein Vater, noch lebte, ob er überhaupt je wiederkommen würde. Alleine war sie mit mir und ihren Sorgen. Es war kaum Geld vorhanden, um damit das Nötigste zu kaufen. Und es gab auch nichts zu kaufen, außer zu vielfach überhöhten Preisen im Schleichhandel. Sie konnte auch nichts backen, um Gäste zu bewirten. Es gab nur stundenweise Gas. Woher sollte sie Mehl nehmen oder gar Eier? Nein, sie konnte diese Belastung nicht auf sich nehmen. Unsere Wohnung war nicht geeignet, Gäste zu empfangen. Aber alle anderen Wohnungen im Haus waren nicht anders. Unsere bestand aus Zimmer, Küche, Kabinett – und wir hatten noch Klo und Wasser in der Wohnung. Die Tante musste das Wasser von der Bassena, einfach einem Wasserhahn, am Gang holen. Wir waren beinahe Privilegierte.
Doch die Tante war hartnäckig. Sie insistierte, dass die Muttergottes ihr den Mann zurückbringen würde. Sie müsse daran glauben und täglich zu ihr beten. Es wären schon größere Wunder geschehen. Und wegen der Kekse solle sie sich keine Sorgen machen, die würde sie backen. Selbst Kerzen könne sie ihr borgen und den Kerzenhalter.

Nach langem Zureden war Mutter einverstanden. Es würde bei uns eine Herbergssuche geben. Nun begann das Putzen und Waschen und Bügeln. Die Messingtürschnallen wurden mit Sidol zum Glänzen gebracht. Und zwischen unserer Wohnung und jener der Tante herrschte intensiver Verkehr. Es wurde etwas ausgeborgt, zurückgegeben, um Rat gefragt. Und die Tante war zufrieden und bezweifelte keine Minute, dass Maria uns Glück bringen und meinen Vater zurückbringen werde.
Auf unserem Stockwerk waren acht Wohnungen. Neben der Tante wohnte die Familie Cerny. Die war noch zur Zeit der Monarchie aus Mähren nach Wien gekommen. Er war Schneider. In der warmen Jahreszeit war das Kabinettfenster zum Gang geöffnet und man sah den Cerny auf dem Tisch sitzend, im Schneidersitz, neben ihm sein Schäferhund Rex, nähen. Der Cerny nähte den ganzen Tag. Alles mit der Hand. Seine Frau hatte bemerkt, dass bei uns etwas los war in diesen Tagen und sie fragte meine Mutter in ihrem böhmisch gefärbten Deutsch:
„Ja wass is denn loos, Frau Neisidla, was machen's fir an Speckdackel? Was rennen s' denn so narrisch umadum? Is was g'schehn?"
„Nein, nein", sagte Mutter. „Nichts ist geschehen, nur ich muss mich tummeln, weil wir haben Herbergssuche."
„Was sagn s' da? Den Herbert suchens. Jessusmarija, ja wo is a denn? Is a weggrennt? Seit wann suchn's ihn denn? Ich such glei mit. Wo fang ma denn aan?"
Mutter konnte vor Lachen gar nicht antworten. Auch Tante hatte mitgehört und zerkugelte sich vor Lachen. Bis die arme Frau Cerny endlich aufgeklärt worden war und ihr beigebracht wurde, was der Unterschied ist zwischen der Herbergssuche und den Herbert, also mich, zu suchen, muss sie gedacht haben, unter Narren zu sein.
Am 19. Dezember, früh am Morgen, zwei oder drei Tage vor dem Termin der Herbergssuche, ging Mutter, während ich noch schlief, wie immer zur Frau Mölz, der Milchfrau. Denn nur wer früh kam, hatte eine Chance seine Ration zu bekommen. Es muss kurz nach sechs Uhr früh gewesen sein, denn bis dahin war das Tor immer versperrt. Es war noch dämmerig, als Mutter den langen Gang zwischen der schmalen Hoftüre und dem breiten wuchtigen Holztor, das zur Straße führte, ging. Etwa auf halbem Weg öffnete sich das Haustor und ein hagerer Mann, nur als Silhouette zu erkennen, mit einem schlaffen Rucksack kam zum Haustor herein. Ein ehemaliger Soldat, das sah man an der Schifferlmütze.
„Guten Morgen!" sagte Mutter.

Der Soldat blieb stehen. „Minerl“, sagte er, das war die Koseform des Vornamens meiner Mutter, die Hermine hieß, „kennst mich denn nicht?“ sagte er mit zitternder Stimme.
Es war mein Vater und Mutter hatte ihn nicht erkannt. Zum Teil lag es an der Dunkelheit im Hausflur, teilweise wohl auch daran, dass er nur mehr 48 Kilo wog. Zu bedenken ist auch, dass sie um diese frühe Stunde keinen erwartet hatte, der ins Haus kam, schon gar nicht ihren eigenen Mann. Seit ziemlich genau drei Jahren hatte sie ihn nicht mehr gesehen. Mutter konnte nicht sprechen. Sie hielten einander in den Armen und weinten nur. Er war verlaust, nicht gewaschen. Alles war egal. Aber er war da. Er war zurück aus diesem endlos langen mörderischen Krieg. Millionen Menschen hatte der getötet oder zu Invaliden gemacht. Er hatte Psychen zerstört, Menschen erniedrigt, viele zu Untermenschen erklärt, andere zu Unmenschen gemacht. Für meine Eltern war er jetzt, am 19. Dezember 1945 um sechs Uhr früh, in der dunklen Hauseinfahrt zu Ende gegangen.
Vater kam aus Salzburg aus amerikanischer Gefangenschaft. Zwei Tage zuvor waren er und seine Kameraden nachts durch die eisige Enns gewatet. Für den Nachhauseweg bekamen die Entlassenen eine Wegzehrung. Darunter war in einer Blechschachtel harte Schokolade, eine Notration der US-Armee. Anstatt diese am Weg zu essen, brachte er sie mir. Das war die erste Schokolade meines Lebens.
Vater war schwer krank geworden während der Gefangenschaft. In Russland hatte er sich das Wolhynische Fieber geholt, eine Art Malaria. Aber jetzt war er da. Seine Uniformreste wurden wahrscheinlich in die Koloniakübel befördert oder verbrannt. Seine früheren Hosen passten ihm nicht mehr. Nur mit Hosenträgern hielten sie an, eher baumelten sie an ihm herunter. Gewaschen und rasiert hatte er den Rest des Tages – seit langem wieder in einem Bett – geschlafen. Erst dann wurde seine Tante Josefine geholt. Die war so überrascht ihn zu sehen, dass sie aufschrie, als er vor ihr stand. Erst dann fiel sie ihm um den Hals. Alle weinten. Und das geschah noch oft in den nächsten Tagen.
„Die Maria hat ihn dir gebracht. Habe ich es nicht vorhergesehen“, sagte die Tante. Ihr Glaube war unerschütterlich. Wer so glaubt, ist unverletzlich. Mutter wollte vorerst niemandem etwas über Vaters Heimkehr erzählen. Erst zwei Tage später, während der Herbergssuche, sollte er sich zeigen. Bis dahin sollte er sich ausschlafen und Kraft gewinnen.

Am lange erwarteten Tag war zwischen unseren beiden Wohnungsfenstern ein Tisch aufgestellt, der mit Blumen geschmückt war. Ich kann mir heute nicht vorstellen, woher Mutter im Dezember 1945 Blumen bekam. Aber ich weiß, es waren echte Blumen. Auf dem Tisch lag eine gestickte und gestärkte weiße Spitzendekke. Sicher geborgt.

Der Autor bei der Herbergssuche 1945.

Als die Zeremonie begann, kam nur der Herr Stangl, der den „Wirt“ sang, von der Stiege I in die Wohnung. Er hatte eine schöne Baritonstimme. Doch selbst er wusste nicht, dass mein Vater im Kabinett saß und sozusagen auf seinen Auftritt wartete. Er sollte erst herauskommen, wenn die Herbergssuchenden eingelassen wurden.

Alles lief wie geplant. Das Bild wurde auf den Hausaltar gestellt, gemeinsam wurde gesungen und gebetet. Erst dann erschien mein Vater. Das ließ keinen der Gäste unberührt. Staunen, Überraschung, Fragen. Nun drehte sich alles um ihn. Der musste sich aber bald hinsetzen, so schwach war er noch.

Unsere Herbergssuche 1945, ein ländlicher Brauch, war zu Ende. Und sie hatte mehr Weihnachtsfreude und Glück gebracht, als erwartet werden konnte. Mit den sich in winzigen Schritten bessernden Lebensverhältnissen, etwa ab 1950, verschwand auch dieses Brauchtum bis heute beinahe ganz aus der Stadt. Langeweile, oft verbunden mit seelischer Verwahrlosung, hat neues geboren. Halloween können viele von denen, die es zelebrieren, nicht einmal richtig aussprechen. Einige glauben sogar, es hieße Hallo Wien.

Einige Familien waren am Heiligen Abend des Jahres 1945 wieder zusammen. Andere waren noch nicht komplett, manche würden es nie wieder werden. Wir feierten den Heiligen Abend neben einer winzigen Fichte. Geschenke gab es keine. Woher auch? Mein Vater allerdings bekam einige Tage nach Weihnachten noch ein Pseudoweihnachtsgeschenk.
Die freudige Nachricht von seiner Heimkehr aus der Kriegsgefangenschaft verbreitete sich im Haus schnell. Wie schon erwähnt, lebten wir wie in einem kleinen Dorf zusammen. Auch der im selben Stockwerk wohnende Herr Leidolf erfuhr davon. Er war nie eingerückt gewesen. Er hatte wichtigere Aufgaben zu erfüllen, er war Blockwart. Eine Art Parteikassier und Spitzel war das. Kurz: Leidolf für Adolf. Beim Einmarsch der Roten Armee muss er seine Armbinde mit dem Hakenkreuz verloren haben. Die Mitgliederkartei der NSDAP hatte er im Ofen verbrannt. Denn er war jetzt Kommunist. Auf der roten Armbinde, die er nun trug, waren Hammer und Sichel abgebildet. Daran kann man erkennen, wie praktisch es ist, Vorräte anzulegen – oder eine Armbinde. Später ließ er wissen, dass er immer schon Widerstandskämpfer gewesen war. Jetzt also: Leidolf gegen Adolf. Sonst hatte das bisher keiner gewusst.
Der machte eine Anzeige, dass mein Vater aufgetaucht sei, sich aber bisher nicht habe registrieren lassen. Damit war gemeint, dass Kriegsheimkehrer sich bei der Behörde melden mussten. Er sei Mitglied der NSDAP gewesen (das stimmte). Der geübte Spitzel und ehemalige Blockwart im Kommunistenpelz wusste das am besten, da er seit 1938 die Mitgliedsbeiträge kassiert hatte. Die Registrierung hatte einen doppelten Zweck. Man wollte damit hohe Funktionäre der Nazipartei und belastete Offiziere der SS, Gestapo, des SD und der Polizei aufspüren. Ohne Registrierung gab es auch keine Lebensmittelkarten. Schon aus diesem Grund hätte Vater sich gemeldet. Er wusste aber nicht, dass er eine Frist nicht eingehalten hatte. Funktionär war er nie gewesen, schon gar kein hoher. Was sollte er da fürchten? Er hatte bloß ein längeres Verhör über sich ergehen zu lassen. Das waren die einzigen Folgen der Vernaderung des Spitzels, der bloß die Farbe und die Armbinde gewechselt hatte. Danach bekam Vater die Lebensmittelkarte, den Pass zum Überleben.
Eine Herbergssuche war erfolgreich gewesen. Ein ehemaliger Soldat war heimgekehrt, eine Familie hatte wieder einen Vater. Die Hoffnung nahm Gestalt an.

Man brauchte Menschen, die glaubten, anpackten, anderen halfen. Menschen, die das aufbauten, was heute unser Land inmitten Europas ausmacht. Vernaderer vertrockneten in der Wüste ihrer armseligen Gedankenwelt und vergifteten sich am eigenen Charakter.

Herbert-Ernst Neusiedler, Wien, 2009

Herbert-Ernst Neusiedler
wurde 1941 in Wien, in der Leopoldstadt, geboren.
Dort und in einem kleinen Ort in Polen
lebt und schreibt er noch heute.

Er ist Herausgeber und Autor mehrerer Bücher.
Daneben produziert er gefilmte Interviews
mit Zeugen zur Zeitgeschichte.

Herzlichen Dank allen Autoren
für ihre Mitarbeit und die zur Verfügung gestellten Fotos.
Im Gedenken an die Verstorbenen.
Durch ihre Erzählungen werden sie in so manchem Leser weiterleben.

BUCHTIPP

Karel Moretti

SOMMER 1942

Die wahre Geschichte der SMS

Das anfangs unspektakuläre Zusammentreffen zweier Menschen im besetzten Prag zur Jahreswende 1941/42 löst einen ungeahnten Konflikt im Liebesleben der beiden konträren Protagonisten aus: einem mit beiden Beinen im Leben stehenden Rechtsanwalt und einer wankelmütigen, von Selbstzweifeln geplagten Pädagogin. „Sommer 1942" erzählt von einer beinahe tödlichen Beziehung, ist jedoch zugleich eine frech-ironische Satire, wie das reale Leben sie nicht besser schreiben könnte.

2. Auflage | Softcover | 181 Seiten
ISBN: 978-3-902920-14-0 | **Preis: Euro 14,30**
Nähere Informationen unter: www.verlagshaus-jakomini od. Tel.: +43 (316) 82 02 33

VHJ
VERLAGSHAUS JAKOMINI

BUCHTIPP

Woher du kommst

Vater und Mutter erzählen: Es wurden 700 Seiten

- Eine wahres Familienepos: Monarchie, Erster Weltkrieg, Zwischenkriegszeit und die Nazis.
  Der Neustart in Panama und später in den USA.
- Geschichte, hautnah wie noch nie.
  Gewidmet all jenen, die an Liebe, Freundschaft und Frieden glauben.

Herausgeber: Martin Moll und Herbert-Ernst Neusiedler
Hardcover mit Schutzumschlag
ISBN: 978-3-99001-103-4
335 Seiten, Preis: Euro 19,95

Erhältlich in jeder Buchhandlung

Meiner lieben Tochter
"Hedwig"
zu ihrem 12ten Geburtstag.
Colon, R.P. im August, 1940. J Kellmann

Welches größere Geschenk können Eltern ihren Kindern machen, als die Geschichte ihrer Familie aufzuschreiben? Jacob und Paula Kellman, die ihr Lebensweg von Galizien durch die Wirren des ersten Weltkrieges über Wien und Panama nach New York führte, machten dieses Geschenk ihrer Tochter Hedy 1940 zu deren 12. Geburtstag. Es wurden 700 handschriftlich beschriebene Seiten, die nun der Historiker Martin Moll und der Biograph Herbert-Ernst Neusiedler zu Tage befördert haben.

In die weite Welt zu gehen war der Traum eines jüdischen Buben namens Jakob. Er wollte Handelsreisender werden, in Hotels wohnen und in Wien, der Stadt seiner Träume, Fiaker fahren. Mit 13 lief er aus seinem kleinen galizischen Heimatstädtchen weg. Sechs Jahre später brach der Erste Weltkrieg aus, und er wurde Soldat. Paula war zu diesem Zeitpunkt 12. Mit ihrer Familie flüchtete sie quer durch die Kronländer der Monarchie, verfolgt vom erstarkenden Antisemitismus. Irgendwann lernten sich die beiden kennen...

***Jakob Kellmann** (später Jacob Kellman), kam 1895 im galizischen Jagielnica zur Welt, das damals Teil der österreichisch-ungarischen Monarchie war. Seine Frau Paula wurde 1902 im gleichen Städtchen geboren. Nach dem Ersten Weltkrieg lebten die beiden in Wien, bis die Machtergreifung Hitlers sie ins Exil nach Panama zwang. Jacob Kellman starb 1968 in New York City. Seine Frau Paula starb 2002, im Alter von 100 Jahren, in Long Beach, NY. Ihre Tochter Hedy Page ist inzwischen 86 Jahre alt und lebt in New York.*